Monique Engelmann

# Segen und Fluch

## Teil 2

Bibliografische Information
der Deutschen Nationalbibliothek:

Die Deutsche Nationalbibliothek
verzeichnet diese Publikation in der
Deutschen Nationalbibliografie.
Detaillierte bibliografische Daten
sind im Internet über
http://www.d-nb.de abrufbar.



ISBN 978-3-85438-951-4

Gedruckt in der Europäischen Union
auf umweltfreundlichem, chlor- und
säurefrei gebleichtem Papier.

**www.ilvverlag.com**

# Widmung

*Für meine Familie, die mich immer unterstützt hat, wo sie nur konnte und hinter meinen Entscheidungen steht.*
*Die mir auch meine Grenzen aufzeigte,*
*wenn es nötig war.*
*Ich liebe und danke euch für alles. Ohne euch wäre ich nicht dort angekommen, wo ich jetzt stehe.*

*Danke*

# 1. Der Alltag kehrt ein

Helena ging nun wieder zur Schule. Mit einem Schlag war wieder alles anders. Scheinbar normal. So, wie es immer sein sollte. Nicht nur, dass sich alles um sie herum verändert hatte, auch sie selbst war davon nicht ausgenommen gewesen. Sie fühlte sich nicht länger allein. Ihr Bruder lebte! Jetzt war er auf dem Weg der Genesung. Noch musste er sich im Krankenhaus auskurieren, aber bald würde er zu einer Rehabilitation geschickt werden und wenn er dann zurückkam, würde er wieder völlig gesund sein. Sie konnte es noch immer nicht richtig fassen. Es war so unglaublich, dass Helena kaum wagte, auch nur daran zu denken, dass das alles wirklich gerade passierte. Aber sie wollte es gern glauben und so zog sie keine andere Möglichkeit in Betracht und ließ auch keine Zweifel zu. Es schien beinahe so, als wäre ihr das Leben wieder zurückgegeben worden. Sie schlenderte gemütlich zur Schule, ohne einen Gedanken daran zu vergeuden, ob diese Realität möglicherweise doch nicht existierte. Sie wollte einfach an deren Echtheit glauben. Etwas anderes würde sie einfach nicht zulassen. Egal, was man versuchte ihr zu erzählen! Sie glaubte daran! Das würde sie immer tun! Das Ziehen der Wunde an Helenas Knie holte sie jäh in die Gegenwart zurück.

Seit sie mit Ben damals auf der Straße zusammengestoßen war, konnte sie noch nicht wieder mit dem Rad fahren. Erst mussten ihre Wunden abheilen. Ihre Knie und Hände schmerzten immer noch. Dieses Mal dauerte es viel länger, als es normal war. Immer wieder brachen die Schrammen an ihren Knien und Händen auf und wollten einfach nicht zur Ruhe kommen. Dabei war es ihr doch immer so wichtig, sich zu bewegen und Sport zu treiben. Das alles konnte sie jetzt gar nicht tun. Diese Einschränkung passte ihr gar nicht und es frustrierte sie, dass sie sich körperlich nicht auspowern konnte, aber es ließ sich auch nicht ändern. Der Weg bis zur Schule war schließlich auch nicht weit, also konnte sie ihn ganz bequem und entspannt zu Fuß gehen, auch wenn ihre Knie nicht so mitmachen wollten, wie sie es wollte. Allerdings hatte sie auf diesem Wege wenigstens Ruhe vor ihrer Adoptivmutter und das war ihr sehr wichtig.

Als Helena das große Schultor durchschritt, klingelte es bereits zur Stunde. Sie schrak aus ihren Gedanken auf. Irgendwie hatte es sich beinahe so angehört, als wäre da neben dem Klingeln noch eine Stimme gewesen, die nach ihr rief. >Das ist ganz unmöglich.<, ging es ihr durch den Kopf und sie rannte in die Schule. Völlig außer Atem geraten, riss sie die Tür zum Klassenzimmer auf. Alle sahen sie wie gebannt an. Keiner konnte sich so recht daran gewöhnen, dass Helena seit geraumer Zeit so gut gelaunt war. Bereits vor Raphaels Tod hatte sie sich immer von den anderen zurückgezogen und wollte ständig allein sein. Niemand wagte es, auch nur in ihre Nähe zu kommen. Aber jetzt, da sie wusste, welche gemeinsame Geschichte sie alle miteinander verband, hatte sie keinen Grund mehr, die anderen zu meiden und sich von ihnen zurückzuziehen. Helena war inzwischen klar geworden, wie wichtig sie alle hier waren, um das Gleichgewicht zwischen diesen so unterschiedlichen Welten zu bewahren. Sie waren das

Bindeglied zwischen dem Reich der Engel und dem der Gefallenen. Sie konnten als Vermittler fungieren und größere Schäden auf der Erde durch einen Krieg dieser beiden Reiche verhindern. Sie besaßen die Fähigkeiten, die eine Verbindung zwischen Menschen und übernatürlichen Wesen darstellten. Einige von ihnen konnten hellsehen. Andere konnten die Gefühle der Menschen in ihrer Umgebung beeinflussen. Und wieder andere waren in der Lage, Dinge durch Geisteskraft bewegen zu können. Die Talente Helenas' Mitschüler waren sehr zahlreich und breit gefächert.

Helena entschuldigte sich beim Lehrer für ihre Unpünktlichkeit und setzte sich leise auf ihren Platz am Fenster. Seit der Krieg vorüber war, konnte sie sich gar nicht mehr richtig auf die Schule konzentrieren, auch wenn es jetzt nichts mehr gab, was sie daran hinderte. Die Geschehnisse spukten noch immer in ihren Gedanken herum und ließen sie einfach nicht los. Es war so viel geschehen in den vergangenen Tagen, dass sie trotz allem Willen nicht vollkommen davon loslassen konnte oder der festen Überzeugung war, dass alles Einbildung gewesen sein musste. Auch Samuel ging ihr einfach nicht mehr aus dem Kopf. Sie hatte ihn seit dem Tag, als sie ihm in der Gasse begegnet war, nicht noch einmal gesehen. Sie wusste zwar, dass er sich immer in ihrer Nähe aufhielt, aber sie traute sich einfach nicht, ihn zu rufen. Sie wusste nicht mehr, wie sie ihm gegenüber treten sollte. Sein Verhalten hatte sie sehr verunsichert und irritiert. Sie wusste, dass er ihre Mutter geliebt hatte, aber auf der anderen Seite hatte er doch *sie* geküsst und nicht ihre Mutter. Ob er das nur getan hatte, weil er ihre Mutter in ihr sah oder tatsächlich ihretwegen, das konnte sie einfach nicht mit Bestimmtheit sagen. Ihn das zu fragen, erschien ihr einfach zu banal und lächerlich. Er würde sicher wichtigen Aufgaben nachgehen und keine Zeit dafür übrig haben, dass sie ihn mit solchen Dingen bedrängte. Vielleicht lag es auch daran, dass sie die Wahrheit gar nicht erst hören wollte, obwohl sie bereits eine gewisse Ahnung hegte. Bisher war sich Helena sehr sicher gewesen, dass sie ausschließlich für Ben Gefühle hegte. Aber nach diesem Vorfall begann ihr Herz auch immer dann zu schlagen, wenn sie an Samuel dachte – ihren Schutzengel. Und diese Tatsache war für sie ein absolutes Tabu und durfte einfach nicht sein. Bevor sie ihm wieder unter die Augen trat, musste sie sich erst darüber klar werden, was sie eigentlich empfand und vor allem für wen. Sie wollte keinem der beiden etwas vorspielen und sie wollte sie auch nicht belügen. Dafür waren ihr die beiden einfach zu wichtig. Helena hatte sich wohl dabei gefühlt, das musste sie, ob sie es wollte oder nicht, zugeben.

Sie setzte gedankenverloren ihre Brille auf und sah aus dem Fenster. Die Sonne war gerade erst aufgegangen, schien ihr aber schon warm ins Gesicht. Es würde wieder ein sehr warmer Tag werden. Sie seufzte. In diesem Moment ertönte ein leises Klingeln in ihren Ohren und sie sah sich um, doch nichts ließ darauf schließen, dass einer ihrer Klassenkameraden sie ärgern wollte. Sie sahen sie eher noch etwas irritiert an und ihre Banknachbarin zur Rechten fragte sie, was los sei und ob sie etwas suche. Helena schüttelte nur leicht den Kopf und sah aus dem Fenster. Sie konnte durch die geöffneten Fenster im Klassehnraum den Wind in den Bäumen rauschen hören. Auf dem Schulhof war es noch ruhig. Der Hausmeister kümmerte sich gerade um das große Blumenbeet, mitten auf dem Schulhof. Ob er möglicherweise mit seinen Gartengeräten dieses Geräusch verursachte? Er pflanzte gerade Tulpen und Dahlien. Helena hörte eine Weile ganz genau auf das, was der Hausmeister machte, aber sie konnte nichts dem Klingeln in ihren Ohren zuordnen. Dadurch bekam sie kaum etwas vom Unterricht mit und zuckte zusammen, als die Pausenklingel ertönte. Nein, dieses Geräusch war es auf keinen Fall und es klang auch nichts in diesem schrillen Klingeln mit, das sie an das Geräusch vom Morgen erinnerte. Wieder kam es ihr so vor, als wäre da jemand gewesen, der nach ihr rief. ›Das bilde ich mir nur ein.‹, versuchte sie sich zu beruhigen. Am Morgen hatte es sich eher nach einem hellen Klingeln angehört. Inzwischen war es ihr, als wäre irgendwo jemand, der ihren Namen rief. Wurde sie jetzt vielleicht vollkommen irre? Möglicherweise war alles in ihrem Kopf inzwischen so durcheinander, dass sie zwischen Realität und Wahnsinn gar nicht mehr unterscheiden konnte! Aber diesen Gedanken konnte sie nicht weiterführen.

Alle schoben die Stühle hörbar nach hinten und verließen den Raum. Es verursachte ein unangenehmes Kratschen und Helena legte die Stirn in Falten. Dass hier niemand den Stuhl anheben konnte! Kein Wunder, dass sie ständig Kopfschmerzen bekam. Sie blieb noch sitzen. Seufzend versteckte sie ihr Gesicht zwischen den verschränkten Armen auf dem Tisch. Das alles war für sie noch immer wie in einem Traum. Es ging alles durcheinander, obwohl doch alles so klar war. Wann würde endlich wieder Ordnung in ihr Leben einkehren? Vermutlich nie, so wie sie sich kannte.

Wäre ja auch zu schön gewesen, wenn es nur ein einziges Mal in ihrem Leben einigermaßen normal zugegangen wäre. >>Hey, Helena.<< sie sah auf. Vor ihr stand Victoria, ein Mädchen aus ihrer Klasse mit roten Haaren. >>Geht es dir nicht gut oder warum liegst du mal wieder halb auf dem Tisch? Sonst starrst du wenigstens noch aus dem Fenster. Bist du vielleicht krank oder so was?<< >>Es ist nichts.<< >>So siehst du aber nicht gerade aus. Na, was soll's. Wenn du darüber reden willst, wirst du das sicher auch tun. Ich werde dich nicht dazu zwingen. Entweder machst du den Mund auf oder du lässt es.<< Victoria machte eine kurze Pause, bevor sie weiter sprach. >>Ach so - weißt du eigentlich schon, dass unsere Fußballmannschaft heute Mittag ein Spiel hat?<< sie war völlig aufgeregt deswegen. Das schien Victoria ähnlich. Sobald es um Jungs ging, drehte sie immer vollkommen durch. Hin und wieder fand Helena das sehr amüsant, aber es ging ihr auf die Dauer auch sehr auf die Nerven. Sie war noch nie jemand gewesen, der sich viel daraus machte, was das andere Geschlecht von ihr halten könnte. Sie machte immer das, was sie in dem Moment richtig fand. Ob es das auch war, das zeigte sich immer erst später. Aber eins wusste sie auf jeden Fall; so wie Victoria, wollte sie auf keinen Fall sein oder werden und war sie auch nie gewesen. >>Ach ja?<<, war alles, was Helena gelangweilt darauf antwortete, als ihre Freundin so begeistert von dem Spiel sprach. Fußball interessierte sie überhaupt nicht und das wusste Victoria eigentlich auch schon jahrelang. Aber sie erzählte ihr sowieso immer alles, egal ob sie es wissen wollte oder nicht. Sie war eben sehr quirlig und musste sich immer den anderen mitteilen. Pech für den, der ihr im falschen Moment über den Weg lief. Heute war es eben Helena. Eigentlich war sie es ja jeden Tag. Ein anderer würde sie vermutlich gar nicht so lange aushalten.

>>Ja. Sie spielen gegen die Jungenschule vom anderen Ende der Stadt. Die wollten wir schon im letzten Jahr schlagen, aber da war es nichts geworden. Die sind einfach so mies, denen muss mal einer eine Lektion erteilen. Und wir sind die Einzigen, die das können.<< mit vor Stolz geschwellter Brust sprach Victoria diese Worte. Helena rollte nur die Augen. Wenn es um Jungs und Fußball ging, hörte bei ihr die Freundschaft auf. Und vor allem verspürte sie einen unglaublichen Hass auf die andere Akademie der Stadt. Jedes Mal, wenn es um diese Schule ging, stand Victoria förmlich in Flammen, so kämpferisch und hitzig reagierte sie immer darauf. >>Ach so.<<, gab Helena schließlich nur gelangweilt als Antwort zurück. >>Du klingst nicht so, als würde es dich besonders interessieren.<< >>Fußball hat mich noch nie besonders interessiert, falls dir das entgangen sein sollte. Eigentlich solltest du das allmählich wissen. Wie oft muss ich dir das noch sagen? Ich kann deine Euphorie einfach nicht teilen. Da rennen schließlich zweiundzwanzig Spieler sinnlos einem Ball hinterher. Erklär mir doch bitte mal, wo da ein Sinn dahinter steckt?<< >>Du bist heute aber wieder grillig. Bist du mit dem falschen Fuß aufgestanden? Fußball ist der tollste Sport der Welt!<< >>Du gibst mir einfach Informationen, die mich nicht die Bohne interessieren, Vicki. Dann geh doch zu dem Spiel! Lass mich aber damit in Ruhe. Es interessiert mich einfach nicht.<< >>Auch nicht, wenn Ben mitspielt?<< >>Was hat Ben mit meinem mehr als

geringen Interesse an Fußball zu tun?<< >>Ihr wurdet zusammen gesehen. Klingelt es da vielleicht bei dir?<<, meinte Victoria nur geheimnisvoll und machte eine verschwörerische Geste mit dem Zeigefinger. >>Was meinst du damit? Würdest du dich bitte mal etwas klarer ausdrücken?<< >>Vor dem Schultor. Ihr habt euch umarmt. Und es gab genügend Zeugen, die das im Zweifelsfall bestätigen können.<< >>Bist du neuerdings unter die Spione gegangen oder was? Kann ich mich jetzt nicht einmal mehr mit jemandem unterhalten, ohne dass du gleich irgendwelche sinnlosen Schlüsse daraus ziehst? Ben hat mich mit dem Rad angefahren. Er wollte sich nur bei mir entschuldigen und hat mir aufgeholfen. Daran ist doch nichts Besonderes zu finden. Als ob eine Umarmung so spektakulär wäre.<< >>Ach ehrlich? Das war aber eine sehr innige Entschuldigung. Und wenn sie zwischen einer Mittelstufenschülerin und dem Schönling der Schule passiert, macht das einige doch ein wenig neugierig.<< >>Da ist nichts weiter gewesen. Ich weiß nicht, was du hören willst. Zumindest werde ich nichts zugeben, was nicht passiert ist, damit du endlich mal Ruhe gibst.<< >>Dann ist es ja gut. Ich glaube nämlich nicht, dass die anderen Mädchen sehr begeistert davon wären, wenn rauskommen sollte, dass ihr ein Paar seid. Du weißt doch, dass Ben von allen heiß umschwärmt wird. Du würdest ziemlich viel Konkurrenz bekommen. Und sicher auch mehr Neider. Die Mädchen hier sind so schon nicht gut auf dich zu sprechen, mit so einer Aktion wirst du dir noch mehr Feine gemacht haben.<< >>Na und? Ist mir doch egal, was andere von mir denken oder halten! Ich richte mich nicht nach denen und ich bin auch nicht auf der Welt um zu sein, wie sie mich gern hätten. Notfalls mache ich mein eigenes Ding. Dazu brauche ich niemanden von der Schule hier. Soll er doch machen! Sehe ich vielleicht so aus, als hätte ich überhaupt für so etwas Zeit? Denkst du wirklich, nur weil alle auf ihn fliegen, zieht die Masche bei mir auch? Von mir aus, kann er ruhig den Weiberheld markieren. Außerdem kann den anderen Mädchen völlig egal sein, was ich tue und mit wem ich mich unterhalte oder sonst was anstelle. Ist ja nicht so, als hätten sie einen Besitzanspruch auf ihn.<<

>>Oho, hör sich einer diese großspurigen Worte an. Besitzanspruch hast du genauso wenig auf ihn, auch wenn ihr Freunde wärt. Bei so etwas fragt niemand danach, ob du Zeit dafür hast oder nicht. Liebe ergibt sich nun mal einfach so. Und so wie du gerade redest, bist du wohl über beide Ohren in ihn verschossen. Du kannst mir sowieso nichts vormachen. Ich rieche so was auf hundert Meter Entfernung.<<
>>Ist ja schon gut. Du hörst dich ja gerade so an, als wüsstest du genauestens über solche Dinge bescheid. Tu mir einen Gefallen und nerv mich nicht, Vicki. Du immer und deine Analysen von Liebe und Schicksal. Als ob es das wirklich geben würde.<< >>Schon gut. Ich merke schon, dass ich bei dir im Moment nur auf taube Ohren stoße. Ich habe nichts gesagt. Dann will ich dich mal nicht weiter stören. Häng ruhig weiter deinen Gedanken hinterher. Scheint ja wichtiger zu sein, als mit mir zu reden.<< Victoria verschwand angesäuert und Helena blieb allein im Zimmer zurück. Es klingelte wieder zur Stunde.

Helena ließ auch diese Stunde über sich ergehen und wie all die anderen einfach an sich vorüber ziehen.

Bis zum Mittag hatten sie verschiedene Gruppenstunden, in denen individuell die Fähigkeiten eines jeden trainiert wurden. Das waren die ödesten Stunden überhaupt für sie. Danach hatte Helena frei. Sie holte sich Mittagessen in der Mensa und wollte dann in den Schulpark gehen, um die Aufgaben zu erledigen, die sie im Unterricht nicht geschafft hatte. Aber, wie immer, hielt Vicki sie auf. Wer auch sonst? Wenn sie niemanden fand, dem sie auf die Nerven gehen konnte, musste eben Helena jedes Mal daran glauben. Sie verdrehte schon die Augen, als sie Vicki quer durch die Mensa ihren Namen rufen hörte. Unauffälligkeit war nicht gerade eine Stärke von dem Rotschopf. >>Wo willst du denn hin, Helena?<<, rief sie und ließ sich nicht von den Schülern beirren, die ihr im Weg standen. Sie wählte den direktesten Weg durch alle hindurch. Ohne Rücksicht auf Verluste. >>Wohin wohl? In den Schulpark.<<, erwiderte sie völlig angenervt. >>Ich habe nicht alle Aufgaben geschafft und will sie noch erledigen, bevor der Unterricht zu Ende ist. Zu Hause komme ich sowieso nicht dazu.<< >>Dass du nichts geschafft hast ist ja wohl kein Wunder. So verträumt, wie du schon die ganze Zeit bist, musste das ja einfach so kommen. Ich frage mich sowieso, wann dich die Lehrer mal aus dem Unterricht schmeißen. Du hörst ja sowieso nicht zu. Kriegst du überhaupt noch was von dem mit, was da vor der Tafel erzählt wird?<< >>Was willst du eigentlich von mir, Vicki? Wenn du jemandem auf die Nerven gehen willst, geh zu Alina. Such' dir bitte um Himmels Willen einen anderen Gesprächpartner als mich. Ich finde es schon grauenhaft, wenn du meinen Namen durch die ganze Mensa schreist. Das ist einfach nur peinlich.<< >>Sei nicht gleich wieder so zickig. Ständig bist du nur am Meckern, obwohl dir keiner etwas Böses will. Ich dachte nur, du willst dir vielleicht das Spiel ansehen, darum bin ich zu dir gekommen. Es wäre wirklich schade, wenn du es verpasst. Und außerdem traue ich Alina nicht über den Weg. Sie hat so eine irre Art.<<

Helena prustete los. Eine irre Art also?! >>Wer an dieser Schule hat denn bitte keine irre Art? Ich bitte dich, Vicki. Ich habe wirklich keine Lust, mir dieses dämliche Spiel anzusehen. Du weißt doch, dass mich Fußball nicht interessiert. Wie oft soll ich dir das denn noch sagen? Außerdem habe ich noch zu lernen. Das habe ich dir doch vor zwei Minuten erst erzählt.<< >>Aber die Jungs von der Jungenschule sind echt süß und heiß. Du solltest sie dir wenigstens ansehen und eine größere Auswahl treffen, als dich auf Ben zu versteifen. An den kommt sowieso keine rein. Schon gar keine aus der Mittelstufe.<< >>Kein Bedarf, wirklich.<<, sprach Helena nun mit Nachdruck. >>Schau sie dir eben alleine an. Du besitzt zwei gesunde Beine, um bis zum Sportplatz zu laufen. Außerdem dachte ich immer, du schwärmst für Ben?! Was interessieren dich da die anderen Jungs? Ich möchte dir da auf gar keinen Fall einen Strich durch die Rechnung machen. Ich bin doch nur Konkurrenz für dich, was Ben angeht.<<, meinte Helena schmunzelnd. >>Jedes Mädchen an dieser Schule schwärmt für ihn.<<, sprach Vicki, rollte die Augen und machte eine theatralische Handbewegung. Helena wusste genau, dass Vicki es nur nicht zugeben wollte, dass sie etwas für Ben empfand. >>Ach! Woher der plötzliche Sinneswandel? Noch vor ein paar Stunden konntest du es gar nicht abwarten ihn zu sehen und hast mir noch eine Szene gemacht wegen der Sache vor dem Schultor. Nur mal so zur Info; Ich schwärme ganz sicher nicht für ihn. Du kannst ihn von mir aus gern haben, falls du meine Erlaubnis dafür einholen wolltest.<< >>Ach so. Stimmt ja. Ich vergaß, du warst ja schon immer anders. Was interessieren dich Jungs und all solche Sachen? Du verkriechst dich ja lieber in deinem Zimmer und riegelst alles ab!<< >>Nenne mir nur einen an dieser Schule, der nicht anders wäre.<< >>Du weißt ganz genau, was ich meine! Aber es wäre absolut sinnlos, dir das erklären zu wollen. Du würdest mir sowieso nicht zuhören.<< >>Das stimmt allerdings. Weil es nämlich immer wieder die selbe Leier ist bei dir. Und dazu fehlt mir irgendwann die Geduld.<< >>Was ist nun? Kommst du mit oder nicht?<< >>Nein, habe ich dir doch gesagt! Du siehst doch, dass ich mir gerade Essen geholt habe. Außerdem will ich die Aufgaben noch machen. Geh' doch einfach alleine hin und schau es dir an. Das kannst du doch wohl auch ohne mich. Du weiß hoffentlich noch, wie man einen Fuß vor den anderen setzt oder? Und alt genug bist du auch. Ich bin nicht dein Aufpasser.<<

>>Na schön, du Spielverderberin. Dann geh' ich mit den anderen allein dahin. Aber du bist dafür verantwortlich, wenn mich Alina mit ihren Visionen mal wieder an den Rand des Wahnsinns treibt.<< damit verschwand Vicki wieder. Helena musste über ihre Freundin und deren kindisches Verhalten schmunzeln und schüttelte nur den Kopf. >>Soll sie doch, dann habe ich wenigstens meine Ruhe vor ihr.<<, meinte Helena leise zu sich selbst. Damit ging sie in den Schulpark und setzte sich in einen der Pavillons, die im Schatten der Bäume standen. Dort aß sie und erledigte nebenbei die Aufgaben aus dem Gruppenunterricht. Obwohl sie

einfach nicht verstehen konnte, warum man irgendwelche Aufgaben zu biologischen und chemischen Prozessen machen musste, die im Körper vonstatten gingen wenn man seine Fähigkeiten nutzte. Wozu brauchte man das Wissen darüber, dass der Einsatz dieser Kräfte kreuzgefährlich war, wenn Behörden und andere Institutionen doch so darauf bestanden, Menschen mit speziellen Fähigkeiten in gefährlichen Situationen einzusetzen? Es war am Ende doch vollkommen gleichgültig, ob im eigenen Körper eine Zeitbombe tickte, wenn man sowieso wegen irgendeinem Mist, den die Regierung verzapft hatte, draufgehen würde. Sie, Helena, konnte ja noch von Glück reden, dass sie nur die Kunst des Heilens besaß und Geister sehen konnte. Andere Menschen, die beispielsweise eins der Elemente beherrschten, wurden im Durchschnitt nicht einmal dreißig Jahre alt, weil ihre Körper den extremen Belastungen einfach nicht standhalten konnten auf Dauer. Und wenn sie völlig am Ende waren, dann wurden sie einfach ausgetauscht durch neue Leute. Das war doch immer so und obwohl niemand darüber sprach, wussten doch alle an der Akademie, was der schwarze Wagen mit den verspiegelten Fenstern bedeutete, wenn er am Ende des Schuljahres immer vorfuhr und Leute in Anzügen ausstiegen, um mit der Schulleitung zu sprechen. Helena hoffte inständig, dass es ihr nicht auch so ergehen würde eines Tages. Zwar könnte sie auf diese Weise erfahren, was vor vielen Jahren einmal mit einer ihrer einzigsten Freundinnen geschehen war, denn nach einem Einsatz, zu dem sie von der Polizei gerufen worden war, war sie nicht wieder zurückkehrt und auch nicht als tot erklärt. Dennoch war es ihr zu wider die Drecksarbeit für Leute zu erledigen, die zu feige waren, sich ihren Feinden selber zu stellen und stattdessen lieber andere als Strohleute vorschickten. Und Jessica war leider zu einer dieser Strohpuppen geworden. Aber nur, um herauszufinden, was genau mit ihre damals geschehen war, wollte sie ihre Seele nicht an diese Monster verkaufen. Und wenn es das Letzte war, was sie tat aber sie würde diesen Menschen nicht einen Moment das Gefühl geben, sie könnte geeignet sein für irgendwas. Helenas schulische Leistungen ließen daher auch sehr zu wünschen übrig, obwohl sie durchaus im Stande war, mehr aus sich herauszuholen und auch mehr leisten konnte. Aber wozu? Um ihre Freundin zu rächen und dann im Nirgendwo zu verschwinden? Nein, das war es ihr nicht wert. Informationen konnte sie sich auch auf anderen Wegen beschaffen, dazu brauchte sie nur die richtigen Leute. Und wenn es soweit war, dann würde sie diese auch finden.

Ein schriller Pfiff des Schiedsrichters riss Helena jäh aus ihren Gedanken. Sie konnte die Pfiffe der Zuschauer am Spielfeldrand hören und das schwärmerische Anfeuern der Mädchen. Sie alle träumten davon, nur ein einziges Mal mit Ben reden zu dürfen oder, dass er sie ein einziges Mal einfach nur ansah. Ein Traum, den Helena überhaupt nicht nachvollziehen konnte. Wieso musste man einem Kerl so hinterher hecheln? Warum musste man sich unbedingt so anbiedern auf eine Art und Weise, die einfach nur unschön war? Wenn gegenseitiges Interesse bestand, dann würde man das doch sicher merken oder? Helena lächelte kopfschüttelnd und versuchte sich auf ihre Aufgaben zu konzentrieren, aber es misslang ihr. Das viele Rufen der Mädchen und auch das Rufen der

Spieler untereinander waren einfach zu laut und penetrant. Es war so durchdringend in ihren Kopf, dass sie sich einfach nicht konzentrieren konnte. Entnervt packte Helena ihre Sachen zusammen und hing sich ihre Tasche über die Schultern. Auf dem Rückweg zur Mensa kam sie am Fahrradständer vorbei. Bens Rad war noch immer kaputt. Sie fragte sich, ob er wohl trotzdem damit fuhr, oder ob es seit dem Unfall einfach hier stand. Sollte er tatsächlich noch damit durch die Gegend fahren, konnte das sehr gefährlich für ihn werden. Der Lenker war verbogen und sie konnte auch so erkennen, dass die rechte Vorderbremse völlig im Eimer war. Und dass er sich etwas tat, wollte sie nun nicht gerade.

Helena brachte ihren Teller zurück und beschloss dann Kurzerhand, mit Bens Rad in eine Werkstatt zu fahren. Es gab eine, gleich um die Ecke und dort würde alles sehr schnell und auch preisgünstig repariert werden. Nach der Reparatur stellte sie es in den Ständer zurück und klemmte noch einen Zettel daran. Es war eine kurze Entschuldigung, dass Ben wegen ihr solche Probleme hatte. Dann ging sie langsam in Richtung des Spielfeldes. Kurz bevor sie dort war, überlegte sie es sich aber doch wieder anders und ging ins Schulgebäude zurück. Sie wollte sich Vickis Spitzen nicht anhören. Und was wollte sie auch überhaupt dort? Sie fand Fußball ätzend und langweilig. Ein Sport bei dem erwachsene Menschen, hauptsächlich Männer, einem Ball hinterher jagten und sich gegenseitig die Beine stellten! Eine sehr sinnvolle Beschäftigung! Und die andere Sache war, dass sie sich nicht die Blöße geben wollte, tatsächlich wegen Ben dort zu sein. Beinahe die gesamte weibliche Schülerschaft ging nur deshalb zu den Spielen, weil Ben in der Mannschaft war! Dass er gut aussah und attraktiv war, das konnte sie nun weiß Gott nicht leugnen und es war auch nicht von der Hand zu weisen, wenn man ihn nur einmal richtig betrachtete. Aber sie würde niemals ihren Stolz aufgeben, nur weil sie ihn sehen wollte! Diese Blöße gab sie sich einfach nicht, egal was kommen würde! Und wenn die Welt unterging!

Und so, wie sie das dachte, schien es tatsächlich ein leichtes Beben zu geben, denn Helena spürte ein Vibrieren unter ihren Füßen und sie hielt sich am Treppengeländer zum Korridor fest. Im nächsten Moment war es schon wieder vorbei und sie fragte sich, ob das eben vielleicht nur Einbildung gewesen war oder ob auch andere diese Erschütterung gespürt hatten.

Oben auf dem Korridor erhielt Helena einen guten Blick auf das Spielfeld. Die erste Halbzeit war gerade zu Ende gegangen. Die Spieler verließen das Feld. Die Schulmannschaft schien die erste Halbzeit für sich entschieden zu haben, denn die Jungs aus der Mannschaft lachten und jubelten ausgelassen. Aber anders als sonst verhielten sie sich nicht. Zumindest nicht, als hätte es eben ein leichtes Erdbeben gegeben. Dann war das vielleicht doch nur Einbildung gewesen?! Helena richtete den Blick wieder auf die Jungs. In ihrer Mitte ging Ben. Sie wuschelten ihm durchs Haar und schlugen ihm kameradschaftlich auf die Schulter. Anscheinend hatte er zum Sieg beigetragen. Zumindest schien es so. Ben lachte und sah kurz nach oben. Er wusste wohl ganz genau, dass sie dort oben stand und zu ihm sah. Als er Helena am Fenster auf dem Korridor erblickte, machte er das Peace – Zeichen in ihre Richtung und grinste verschmitzt. Helena lächelte und schon waren Ben und seine Freunde im Mannschaftsraum verschwunden. Sie hatte ihn noch nie so fröhlich gesehen. Jedenfalls nicht, seit sie sich besser kannten. Es war ein schöner Anblick für sie und sie freute sich für ihn, dass er so ausgelassen sein konnte. Gerade nach allem, was sie beide durchmachen mussten tat es gut zu sehen, dass es doch normal weiterzugehen schien, ohne sichtliche Schwierigkeiten. Sie seufzte und ging wieder nach unten und auf den Sportplatz zu den anderen. >>Ah, du bist ja doch noch gekommen. Wie kommt denn das?<<, meinte Vicki sogleich. Der spitze Unterton in ihrer Stimme entging Helena dabei keines falls. Sie setzte sich schweigend zu Victoria und verdrehte die Augen. Rechts neben ihr saß Alina. Sie hatte lange, bis zu den Hüften reichende, glatte blonde Haare. Diese bewegten sich nun ein wenig in dem Wind, der aufkam und Wolken vor die Sonne schob und Alina benutzte ihr Haarband, um diese Pracht zu bändigen. >>Und Alina? Wie wird das Spiel ausgehen?<<, wollte Helena wissen. Alina schloss einen Moment die Augen und dachte nach. >>Unsere Mannschaft wird gewinnen.<<, antwortete sie dann mit ruhiger, aber fester und bestimmter Stimme. Ihre Art, wie sie das aussprach, ließ keinen Zweifel an der Wahrhaftigkeit ihrer Vorhersage zu. >>Wenn Alina schon in die Zukunft sehen kann, warum lassen wir unsere Jungs dann überhaupt noch spielen? Wenn sie sowieso gewinnen, brauchen sie doch gar nicht erst anzutreten.<<, scherzte Victoria. >>Die Zukunft ändert sich mit jeder Sekunde. Vielleicht irre ich mich auch und sie werden verlieren. Man kann nie wissen, was als Nächstes geschieht, selbst wenn man, so wie ich, in die Zukunft blicken kann. Es hängt immer von den Menschen ab, die involviert sind.<< ihre Stimme war ruhig und engelsgleich. Helena schmunzelte. Alina erinnerte sie irgendwie ein wenig an Selina. Einen kleinen unterschied dabei gab es allerdings. Alina war von Geburt an blind. Sie sah nur mit Hilfe ihres geistigen Auges und der Hilfe ihres Herzens. So war es ihr möglich, die Menschen in ihrer Umgebung wahrzunehmen wie die Wärme der Sonne. Je mehr Gutes ein Mensch in sich trug, desto wärmer fühlte er sich für sie an. Alina war eine von Helenas liebsten Freundinnen. Sie sprach nicht viel und brachte das, was sie zu sagen hatte, mit wenigen Sätzen oder Worten auf den Punkt. Sie war sehr ehrlich und direkt, aber auch sehr sanftmütig und liebevoll. Ihre Herzenswärme war eine Wohltat für alle, die sie nötig hatten und brauchten. Auch sie wurde auf diese Art schon von Alina aufgebaut. Alina brauchte dazu keine großen Worte. Es genügte schon ihre bloße Anwesenheit, damit sich Helena ruhiger fühlte und klarer denken konnte. >>Wann hast du dich denn schon mal geirrt?<<, wollte Vicki wissen. >>Ich kann auch *deine* Zukunft sehen, Vicki. Willst du sie wissen? Ich könnte dir so einige interessante Dinge über sie erzählen.<<, kicherte Alina. >>Nein, lieber nicht.<<

>>Da scheint jemand abergläubisch zu sein.<< Helena lachte. >>Ihr werdet euch wohl nie ändern.<<, meinte sie an Alina und Victoria gewandt. >>Lasst uns das Spiel ansehen. Ich will wissen, wie sie diese arroganten Schnösel von der Jungenschule fertig machen.<<, meinte sie dann. >>Oh ho, das sind ja ganz neue Töne von dir. Seit wann interessierst du dich für Fußball, Helena? Vor einer Stunde klang das doch noch ganz anders bei dir.<<, wollte Vicki wissen. >>Seit Ben in

dieser Mannschaft ist.<<, sprach Alina. Helena erwiderte eiligst etwas, damit es zu keinen falschen Verdächtigungen kam. Alina war mit ihrer Zunge manchmal schneller, als mit ihren Gedanken. Das war leider einer ihrer Nachteile. Sie sprach immer gleich aus, was sie sah oder dachte. >>Seit ich bei diesem Krach an dem Versuch gescheitert bin, meine Aufgaben machen zu wollen im Schulpark. Bei dem Geschrei kommt ja keiner zur Ruhe. Und jetzt lass mich zufrieden. Ich will nicht weiter über dieses Thema reden.<< Alina schmunzelte. Sie wusste es besser, aber sie konnte sich denken, dass Helena nicht wollte, dass andere davon erfuhren. Sie machte lieber ein Geheimnis darum. Und auch, wenn andere sie für vorlaut hielten und sich oft darüber beschwerten, dass sie immer alles aussprach, was sie dachte oder sah, so hatte sie bisher doch die Erfahrung gemacht, dass es gut war den Mund aufzumachen. Denn nur so konnte man die Dinge auch greifen und angehen. Aber das musste Helena schon selbst herausfinden. Das konnte sie – Alina - nicht für ihre Freundin erledigen.

Die Mannschaften kamen inzwischen zurück aufs Spielfeld und die zweite Halbzeit wurde angepfiffen. Helena nervte das Gekreische der Mädchen um sie herum und sie wäre am liebsten wieder gegangen, aber Ben hatte sie schon entdeckt und hinterher würde er sicher wissen wollen, warum sie gegangen war. Also blieb sie lieber da und ließ diesen Lärm über sich ergehen und versuchte ihn so gut es ging auszuschalten. Warum sie sich auf einmal so sehr darum kümmerte, was andere von ihr dachten, war ihr selber neu. Noch bis vor einiger Zeit wäre ihr das völlig egal gewesen, ob andere behaupteten, dass sie einen Freund hatte oder schlecht gekleidet war oder was auch immer. Aber seit Neuestem machte sie sich vermehrt Gedanken darum, was andere von ihr hielten und bei Ben war es ihr besonders wichtig. Auch wenn sie es nicht oder nur ungern zugab, aber sie wollte ihm schon auf eine gewisse Art gefallen. Und sie wollte, dass er sie auch bemerkte.

Als die Schulmannschaft schließlich ein Tor schoss, riss es sogar Helena von der Tribüne hoch und sie jubelte lautstark mit den anderen mit. >>Siehst du den Blonden dort aus der gegnerischen Mannschaft?<<, wollte Vicki nach einer Weile von Helena wissen und beugte sich zu ihr, um nicht so offensichtlich mit dem Finger auf besagten Jungen zu zeigen. Helena versuchte, diesen Jungen zu erkennen und riss die Augen auf, als sie ihn entdeckte. Er sah aus wie Samuel. Nur die Haare waren anders geschnitten. >>Das ist Marco Dillah. Seine Eltern führen ein sehr erfolgreiches Unternehmen in dieser Stadt. Sicher hast du schon von ihnen gehört.<< >>Nie gehört. Was machen sie?<< >>Sie verkaufen Immobilien.<< >>Ach so. Kein Wunder, dass mir der Name nichts sagt. Interessiert mich ja nicht besonders, so was.<< >>Dich interessiert doch kaum etwas. Und wenn, dann machst du immer gleich ein riesiges Geheimnis daraus. Sieht der nicht zum Anbeißen aus?<< >>Ich weiß ja nicht. Mein Geschmack ist er jedenfalls nicht. Ich dachte eigentlich, du stehst auf unserer Seite.<<, meinte sie empört. >>Unsere liebe Vicki scheint sich wieder einmal nicht entscheiden zu können. Es ist aber auch sehr schwer, sich für einen vom anderen Geschlecht zu entscheiden. Das bedarf reichlicher und guter Überlegung.<<, meinte

Alina trocken. >>Irgendwann wird ihr das noch mal das Genick brechen.<< >>Hey! Ich habe dir doch gesagt, dass ich nichts von meiner Zukunft wissen will!<< Alina kicherte. >>Wer sagt denn, dass das deine Zukunft ist? Ich habe lediglich meine Meinung geäußert. Ist das etwa verboten?<< >>Bei dir klingt immer alles wie eine Drohung. Da weiß man doch nie, woran man eigentlich ist.<< >>Reißt euch mal zusammen, ihr zwei Streithähne.<<, ging Helena dazwischen.

>>Noch ein Wort von euch beiden und ich gehe und sehe mir das Spiel von da unten aus an.<< sie zeigte auf die Absperrung am Spielrand. >>Viel Spaß dabei.<<, meinte nun Vicki ihrerseits trocken. Helena stand auf und ging nach unten, um sich an den Spielfeldrand zu stellen. Alina und Vicki konnten einen manchmal schon ziemlich auf die Nerven fallen mit ihren ständigen Streitereien!

Sie lehnte sich auf die Brüstung und sah dem Spiel von dort aus zu. Zumindest hier war die Lautstärke einigermaßen angenehm und das Kreischen der Mädchen rückte ein wenig in den Hintergrund. Helenas Blick fiel immer wieder auf Ben. Er spielte mit all seiner Kraft und Leidenschaft. Helena war davon sehr beeindruckt. Er war voll konzentriert und schien nichts um sich herum wahrzunehmen. Noch nicht einmal die vielen Fans, die eigentlich nur seinetwegen hier waren. Viele Lehrer mussten ihren Unterricht ausfallen lassen, weil kaum jemand in der Klasse saß. Bisher war ihr nie richtig aufgefallen, dass Ben so eine Leidenschaft für dieses Spiel empfand. Sie war völlig in ihren Gedanken über ihn versunken, dass sie erschrak, als plötzlich ein Pfiff ertönte und Ben auf dem Rasen lag und sich das Bein hielt. Sein Gesicht war schmerzverzerrt und er biss sich auf die Unterlippe. Helena fuhr zusammen. Im ersten Moment wollte sie zu ihm laufen. Irgendwie glaubte sie für einen kurzen Augenblick, im Paradies zu sein und ihm helfen zu müssen. Die Bilder in ihrem Kopf, eine Situation, die im Paradies einmal genauso ablief, überkreuzte sich mit der Realität und wurde zu einem einzigen Moment. Zum Glück besann sie sich rechtzeitig und blieb wo sie war. Doch sie spürte das deutliche Pochen ihres Herzens und den inneren Drang, bei ihm zu sein. Sie konnte und durfte nicht, aber sie wollte es unbedingt. Und das machte sie wahnsinnig. Sie musste mit ansehen, wie Ben litt und sie war nicht im Stande, etwas dagegen zu tun! Ein heftiger Streit zwischen den Spielern und dem Schiedsrichter entbrannte, legte sich aber, als dieser gelbe Karten verteilte und der Spieler, der Ben gefoult hatte, auf die Bank musste. Es war Marco Dillah gewesen. Der Junge, von dem Vicki so geschwärmt hatte. Er schien wohl doch nicht so astrein zu sein, wie sie dachte. Ben wurde unterdessen von seinen Mitspielern zur Bank gebracht, wo er sich hinlegte und sein Bein kühlte. Ein Helfer war bei ihm und sprach mit ihm. Bens linker Arm ruhte auf seinen Augen und er atmete heftig. Hin und wieder nickte oder antwortete er, wenn der Helfer etwas wissen wollte. Er schien Schmerzen zu haben. Helena konnte sehen, wie angestrengt sich sein Brustkorb hob und wieder senkte. Das Spiel ging unterdessen weiter – allerdings ohne den besten Spieler der Schulmannschaft. Helena verfolgte das Spiel ab jetzt nur noch halbherzig.

Jetzt, wo Ben nicht mehr mitspielte, schien es fast so, als würden sie verlieren. In letzter Sekunde konnte ihre Mannschaft noch den rettenden Treffer erzielen.

Helena sah zur Tribüne. Die Mädchen jubelten, auch wenn ihnen deutlich anzusehen war, dass sie über Bens Ausfall nicht sehr erfreut waren. Der Sieg wurde ausgiebig gefeiert und Bens Mitspieler brachten ihn gemeinsam in ihren Mannschaftsraum. Vermutlich würde er dort gefeiert werden wie ein Star, obwohl er das Tor gar nicht erzielt hatte. Aber er war von jeher ein Mensch gewesen, der bei den Leuten in seiner Umgebung gut ankam. Sicher machte er sich dadurch nicht nur Freunde, aber frech geworden war ihm gegenüber bisher auch niemand. Sie zollten ihm alle Respekt, aus welchen Gründen auch immer.

Die Mädchen gingen unterdessen zurück in die Schule und wieder in ihre Klassen. Auch Vicki und Alina verschwanden. Ihren Streit hatten sie schon lange beigelegt und schlenderten gemeinsam, Arm in Arm, über den Schulhof und lachten. Helena seufzte und ging dann zum Mannschaftsraum hinüber. Sie musste einfach wissen, wie es Ben ging. Ihr innerer Drang danach gab einfach keine Ruhe! An den Räumen angekommen wartete sie, bis die Spieler wieder herauskamen. Sie sahen sie alle etwas komisch an. Helena wusste auch wieso. Während die Jungs, die in der Mannschaft spielten, alle Oberstufenschüler waren, war sie Mittelstufenschülerin. Normalerweise gaben sich die Älteren nicht mit den Jüngeren ab, zumindest nur ungern oder wenn es wirklich notwendig war. Ansonsten ließen sich die Älteren gern von den Jüngeren anhimmeln und bewundern, aber reden wollten sie nie mit den Mittelstufenschülern. Helena blieb dennoch dort und wartete, bis Ben heraustrat. Es dauerte lange, bis er den Raum verließ. Er war der Letzte und schloss hinter sich ab. Klar, als

Mannschaftskapitän oblag es seiner Verantwortung, dass die Räume ordnungsgemäß verlassen wurden. Er sah erschöpft aus, aber auch glücklich. >>Herzlichen Glückwunsch.<<, meinte Helena und lachte. Sie stand an einer der Säulen, die das Vordach zu den Trainingsräumen stützten. Die Arme hatte sie hinter dem Rücken verschränkt und stützte sich an der Säule ab. Ihre Haare wehten leicht im seichten Wind. >>Hast du etwa die ganze Zeit auf mich gewartet?<<, fragte Ben völlig überrascht. Er hatte nicht damit gerechnet, dass sie dort stehen würde und fuhr dementsprechend auch zusammen, als sie ihn ansprach. >>Ich wollte wissen, wie es dir geht. Nachdem du nicht mehr mitgespielt hast, hat es irgendwie keinen richtigen Spaß mehr gemacht, zuzusehen.<< Ben lachte. >>Was zählt ist, dass wir gewonnen haben. Ob ich nun verletzt bin oder nicht. Wir haben gewonnen und damit können wir den Meistertitel zumindest bis ins nächste Jahr gegen die andere Akademie verteidigen.<< >>Ich weiß. Wie geht es denn deinem Bein? Schmerzt es noch sehr?<< >>Ist schon fast wieder gut. Immerhin kann ich mich ja selbst heilen.<<, bemerkte er mit einem Augenzwinkern. Helena nahm ihre Tasche und sie gingen gemeinsam in Richtung des Radständers. Die Schule war nun sowieso vorbei und es wurde Zeit, das Gelände zu verlassen, bevor das Tor abgeschlossen wurde. >>In der Schule gehen Gerüchte um, Ben.<<, meinte sie dann.

>>Ach ja? Was denn für welche?<< >>Vicki hat mich heute gefragt, ob zwischen dir und mir was läuft.<< >>Wie kommt sie darauf? Was soll denn laufen?<< >>Als du mich mit dem Rad angefahren hast, haben wir uns hinterher umarmt. Das müssen wohl einige gesehen

haben, die auf dem Gelände waren. Zumindest hat das gereicht, um alle möglichen Sachen umgehen zu lassen.<< >>Und?<< >>Sie glauben, wir wären ein Paar.<< >>Das ist doch Unsinn.<< >>Das habe ich ihr auch gesagt, aber sie glaubt mir nicht so richtig. Vielleicht versteht sie es, wenn du es ihr noch mal sagst.<< >>Warum sollte ich? Wenn ich mit Vicki darüber spreche, weiß sie doch, dass wir beide darüber geredet haben. Und dann wird sie davon ausgehen, dass wir beide etwas zu verbergen haben und wäre erst recht misstrauisch. Du wirst dir doch nicht etwas aus diesem Gerede machen, oder Helena?<< >>Nein, natürlich nicht.<<, erwiderte sie schnell. Helena verspürte ein komisches Gefühl. Irgendwie tat es ihr weh, dass Ben sagte, dass es Unsinn war. Obwohl sie das auch behauptete gegenüber ihrer Freundin. Sie mochte Ben – sehr sogar. Aber sie konnte es ihm nicht sagen, solange sie nicht sicher war, wie sie zu Samuel stand und ob es Ben auch so ging wie ihr und er sie auch mochte. >>Da bin ich ja beruhigt. Es würde mich doch stark wundern, wenn du dir auf einmal Gedanken darum machst, was andere von dir halten. Das ist gar nicht deine Art, Helena.<< >>Ist das denn so falsch? Hin und wieder tut es vielleicht ganz gut zu wissen, ob schlecht oder gut über einen geredet wird.<<

>>Nein, manchmal ist das ganz hilfreich. Da hast du schon Recht. Aber du wirst diese Gerüchte heute sicher noch genährt haben, Helena.<< >>Wieso denn das?<< >>Weil du auf mich gewartet hast nach dem Spiel. Die Jungs sind doch nicht dumm. Und noch weniger können sie den Mund halten. Ich höre jetzt schon, wie sie mir morgen auf die Nerven gehen und mich ausfragen, was ich mit dir zu tun habe. Es wäre

besser gewesen, wenn wir uns unter vier Augen getroffen und miteinander gesprochen hätten.<< >>Was wirst du ihnen denn sagen, wenn sie morgen nachfragen sollten?<< >>Dass ich dich mit meinem Fahrrad angefahren habe und dich daher kenne. Was denn sonst?<< >>Ja, was sonst.<<, wiederholte Helena leise und ging voraus. >>Stimmt irgendwas nicht, Helena? Hast du Sorgen? Du wirkst irgendwie verstört auf mich.<< >>Nein, nein. Alles in Ordnung. Ich gehe nach Hause. Es ist schon spät. Wir sehen uns dann morgen.<< Helena verschwand schnell, ohne darauf zu warten, dass Ben sein Rad holte. Wenn er so tat, als wären sie nur flüchtige Bekannte, konnte sie eigentlich nichts dagegen sagen. Sie hatte auch so reagiert ihren Freunden gegenüber. Trotzdem wünschte sie sich, er wäre feinfühliger gewesen und würde sie besser verstehen. Wenn sie alleine waren, dann sprach doch nichts dagegen, offen miteinander zu reden. Warum konnten sie das nicht? Aber woher sollte er wissen, was sie eigentlich wollte, wenn sie es ihm nicht sagte? Er konnte keine Gedanken lesen, jedenfalls nicht, solange er sie nicht berührte und sie sich gegen ihn abschirmte. Aber warum machte er dann immer solche Dinge, dass sie dachte, er würde mehr für sie empfinden? War alles, was sich im Paradies zwischen ihnen aufgebaut hatte, nur Schein gewesen? Hatte er sie die ganze Zeit belogen, nur um ihr Vertrauen zu erschleichen? Vielleicht war ihm einfach nur langweilig gewesen und sie war nichts weiter, als eine weitere Eroberung in seiner Sammlung. Er hatte sie weichgeklopft und nun ließ er sie fallen.

Er war doch so nett zu ihr gewesen. Und nun, da alles wieder seinen gewohnten Gang ging, sollte das vorbei sein? Helena konnte das nicht verstehen. Sie wollte das auch gar nicht verstehen. Und eigentlich verhielt sie sich ja auch nicht anders. Wenn sie Ben gegenüber nicht aufrichtig war, konnte sie das von ihm wohl kaum verlangen. Mit gesenktem Blick ging Helena nach Hause. ›Hey, Schwesterchen!‹ Raphael schaltete sich ein. ›Warum so betrübt?‹ ›Es ist nichts, Raphael. Verschwinde aus meinen Gedanken. Lass mich in Ruhe.‹ ›Das kannst du jemand anderem erzählen. Ich merke doch genau, dass was nicht stimmt. Was ist los mit dir?‹ ›Nichts, habe ich dir doch gesagt. Ich denke nur nach. Und jetzt geh endlich aus meinem Kopf raus. Ich möchte meine Ruhe haben.‹ ›Oh ja, das merke ich, dass du nachdenkst. Und anscheinend über Ben. Das tust du verdächtig oft in letzter Zeit, wenn du mich fragst.‹ ›Was fällt dir ein, so in meinen Gedanken zu stöbern? Dir ist doch wirklich nichts heilig!‹

›Du bist meine Schwester. Es ist meine Pflicht, mich einzumischen. Warum zerbrichst du dir den Kopf über ihn? Ich dachte, er ist nur ein Freund.‹ ›Weil ich sein Verhalten nicht verstehe, darum zerbreche ich mir den Kopf über ihn.‹ ›Was hat er denn getan?‹ ›Nichts, das ist es ja gerade.‹ ›Ich verstehe dich nicht.‹ ›Seit wir aus dem Paradies zurück sind tut er, als wären wir nur flüchtige Bekannte.‹ ›Was erwartest du? Du kennst doch die strengen Regeln an deiner Schule.‹ ›Trotzdem. Er ist so abweisend mir gegenüber. Das war vorher nicht so.‹ ›Ach, Helena. Das renkt sich sicher wieder ein. Du musst versuchen, ihn nachzuvollziehen. Die Zeit wurde ein ganzes Jahr zurückgedreht. Du kannst nicht erwarten, dass er tut, als wäre alles so, wie es vorher war. Er muss sein Gesicht wahren gegenüber den anderen. Wenn er sein Verhalten von jetzt auf gleich ändert, würden die anderen stutzig werden. Und ihr steht beide in der Pflicht, das Gleichgewicht zu wahren. Die anderen Leute dürfen nichts von dem, was geschehen ist, erfahren. Das weißt du doch. Sonst würde es unweigerlich zum Chaos kommen. Gib ihm einfach etwas Zeit. Du wirst sehen, dass die Dinge von ganz allein ins Laufen kommen.‹ ›Na und? Selbst wenn jetzt ein Jahr später wäre, wäre ich gerade so in der Oberstufe. Das hat ihn doch vorher auch nicht gestört! In welcher Klasse man ist, hat doch nichts damit zu tun, wie man jemanden findet. Wir mochten uns schon , bevor das alles passiert ist. Warum muss ich jetzt plötzlich Rücksicht nehmen? Wenn ich das muss, dann muss er das genauso!‹ ›Du machst dir zu viele Gedanken. Lass ihm ein wenig Zeit. Er kennt die Zukunft, die ihm und dir eigentlich zugedacht war, genauso gut wie du. Er muss sich erst daran gewöhnen, dass es jetzt anders ist. Immerhin hat er dich in der anderen möglichen Zukunft verloren und musste irgendwie mit dem Schmerz und der Trauer über diesen Verlust fertig werden. Ich denke, er macht sich einfach Sorgen und hat Angst davor, dass es doch noch dazu kommen könnte. Er traut der Ruhe noch nicht. Und darum musst du gerade jetzt für ihn Verständnis zeigen. So und nun wechseln wir mal das Thema. Bist du auf dem Weg nach Hause?‹ ›Wieso willst du das wissen? Was tut das denn jetzt zur Sache?‹ ›Komm doch im Krankenhaus vorbei. Ich habe dich die letzten Tage gar nicht gesehen. Du wolltest mich besuchen kommen. Außerdem redet es sich von Angesicht zu Angesicht viel besser.‹ ›Tut mir leid. Ich hatte einfach so wenig Zeit. Ich habe es total vergessen, dass ich dich besuchen wollte, entschuldige bitte. Ich komme gleich bei dir vorbei.‹ ›Nur keine Eile. Ich laufe dir nicht weg.‹

Helena macht sich also auf den Weg zum Krankenhaus und klopfte wenig später an Raphaels Zimmertür. Auch wenn sie nur wenig Lust verspürte, sich eine weitere Predigt von ihrem großen Bruder anzuhören, so war es ihr doch wichtig, ihr Versprechen zu halten. Und so nervig seine besserwisserische Art auch war, meistens hatte er sowieso recht. Ob sie es nun zugeben wollte oder nicht. Und sie mochte ihn einfach so sehr. Sie war gern in seiner Nähe. Er beschützte sie immer und war für sie da. Das tat sonst niemand für sie. Und kein anderer verstand sie so wie ihr Bruder. Die beiden verband schon in ihrer Kindheit ein besonderes Band. Das spürten sie beide, auch wenn sie nicht benennen konnten, was genau es war.

Raphael saß am Fenster und lächelte sie an, als sie ins Zimmer kam. »Wie geht es dir, Bruderherz?« »Sehr gut. Es wird von Tag zu Tag besser. Wichtiger ist wohl aber, wie es *dir* geht?!« »Wieso?« »Du magst Ben wohl sehr, sehe ich das richtig?« Helena setzte sich zu ihrem Bruder und seufzte sichtlich angenervt davon, dass es schon wieder um dieses Thema ging. »Liebst du ihn?«, wollte er wissen. »Ich weiß es nicht. Müssen wir unbedingt darüber sprechen? Ich möchte das nicht.« »Ja, das müssen wir. Ich möchte, dass es meiner kleinen Schwester gut geht. Wieso weißt du nicht, ob du ihn liebst? Fühlst du es denn nicht?« »Es gibt da noch etwas, das du nicht weißt.« »Dann solltest du es mir vielleicht erzählen, damit ich nachvollziehen kann, wieso du so unschlüssig bist.« »Samuel ist mein Schutzengel.« »Ja, und? Was ist daran so ungewöhnlich? Das wusste ich doch schon.« Helena seufzte. »Er und Mama haben sich geliebt.<< >>Mutter?<< >>Nicht unsere Pflegemutter, wenn du das denkst. Ich meine unsere richtige Mutter, Flora.<< >>Wie kommst du darauf?<< >>Er hat es mir selbst gesagt.<< Helena holte die Kette mit dem Amulett hervor und gab sie Raphael. Dieser klappte es auf und sah auf das alte Familienfoto. Er lächelte, als er sagte: >>Ich erinnere mich noch sehr gut an diese Zeit. Es war ein wundervoller Tag, als das Foto entstand.<< >>Ja, das ist wahr.<<, Raphael klappte das Amulett zu und gab es seiner kleinen Schwester zurück. Die silberne Kette schmiegte sich, leise klirrend, an ihre Handinnenfläche und nahm sofort die Wärme ihrer Haut an. Helena schloss ihre Hand fest um das Amulett und legte die andere obendrauf. >>Er sagte, es war lange, bevor unsere Mutter unseren Vater kennen lernte. Und er sagte, ich würde ihr sehr ähnlich sehen. Er hat sie nie vergessen können, weißt du? Er hat sie immer in Erinnerung behalten.<< >>Ja, das stimmt. Du bist ihr wirklich sehr ähnlich. Körperlich, wie auch charakterlich. Aber ich verstehe noch immer nicht, was das mit Samuel und dir zu tun haben soll.<< >>Siehst du? Genau das verwirrt mich eben. Diese Ähnlichkeit zu Mama. Ich weiß nicht mehr, was ich machen soll. Ben darf niemals erfahren, dass Samuel mich geküsst hat. Es würde das Verhältnis zwischen den beiden zerstören. Samuel ist wie ein Onkel für Ben. Die beiden kennen sich schon seit Ewigkeiten. Sie würden sich nicht mehr unter die Augen treten können, wenn Ben das erfährt. Und ich kann einfach nicht sagen, ob ich Ben liebe oder nicht. Samuel war immer da. In seiner Nähe fühle ich mich wohl und geborgen.<< >>Du befürchtest also, dass du dich in ihn verliebt haben könntest?<<

»Vielleicht.« »Könnte es nicht auch sein, dass es das Gefühl einer tiefen Freundschaft ist, das du empfindest und nicht das Band der Liebe in deinem Herzen?« »Ich weiß es einfach nicht, Raphael. Frag' mich doch nicht solche Sachen, die ich nicht beantworten kann.« »Eine Beziehung zu einem Engel ist nicht sehr einfach, Helena. Noch dazu, wenn er dein Schutzengel ist. Nach den Gesetzen des himmlischen Reiches ist es verboten ein menschliches Wesen zu lieben oder gar mit ihm zusammen zu sein. Es gibt nur wenige Ausnahmen, bei denen der Herr einer solchen Verbindung überhaupt erst zustimmt. Und das auch nur für eine begrenzte Zeit. So schwer es dir fallen mag, aber bitte versuche, dich erst mal von ihm fernzuhalten. Wenigstens so lange, bis du weißt, was du willst. Eine unüberlegte und überstürzte Handlung, könnte Einiges zum Einsturz bringen. Nicht nur bei dir, sondern auch in den Grundfesten des Himmelreiches. Im Übrigen glaube ich, dass du schon längst weißt, was du eigentlich willst. Du willst es dir selbst nur nicht glauben. Darum reagierst du auch so abweisend.« »Ach ja?« »Ja, sonst würdest du nicht so traurig darüber sein, dass Ben so tut, als wärt ihr nur Bekannte.« »Ich weiß es wirklich nicht. Was soll ich denn nur tun?«, seufzte sie. Raphael legte den Arm um seine kleine Schwester und drückte sie fest an sich.

»Du machst das schon, Schwesterchen. Da bin ich mir sicher. Schließlich hast du auch die Apokalypse verhindert. Es sollte also kein Problem für dich sein, dir darüber klar zu werden ob du ihn liebst oder nicht.« »Mein großer Bruder spricht immer so gescheit daher, aber das hilft mir einfach nicht weiter, weil es nur schwammiges Gerede ist und du nicht zum Punkt kommst. Das hilft mir kein Stück, ehrlich mal.<< >>Das liegt wohl daran, dass ich unter Anderem eine buddhistische Ausbildung genossen habe. Man lernt in Rätseln zu sprechen und die Antwort trotzdem zu kennen.<< entnervt rollte Helena die Augen und stöhnte auf. >>Ich brauche eine klare Ansage. Ich habe nicht vor, jahrelang über eines deiner Rätsel zu grübeln und dabei zu versauern.<< >>Dann weiß ich nicht, wie ich dir helfen sollte. Ich kann dir diese Entscheidung nicht abnehmen. Du bist die Einzige, die bei dieser Sache zu einem Schluss kommen kann. Ich kann dir doch nicht vorschreiben, mit wem du gehen sollst, auch wenn ich es gern wollte.<< >>Vielleicht sollte ich nach Hause gehen. Dort kann ich in Ruhe darüber nachdenken.<< >>Du bist doch gerade erst gekommen.<< Helena rieb sich den Arm. Raphael bemerkte einen blauen Fleck. >>Hast du dich gestoßen?<<, wollte er wissen. Helena sah ihn fragend an, dann begriff sie. >>Nein.<<, gab sie nur mit mulmigen Gefühl in der Magengegend zu.

>>Was ist dann geschehen?<< >>Kannst du dir das nicht denken?<< Raphael seufzte und schloss seine Schwester wieder in die Arme. >>Was hältst du davon, wenn ich mir eine Wohnung suche, sobald ich von der Reha zurück bin und du zu mir ziehst?<<, wollte er dann wissen. >>Das würden sie nicht erlauben.<< >>Sie müssen. Ich bin dein Bruder. Ich glaube nicht, dass sie besser für dich Sorge tragen können als ich. Zumindest sehe ich nicht, dass es sie kümmert. Ich kann beantragen, als dein Vormund eingetragen zu werden, dann kannst du bei mir leben.<< >>Das ist richtig. Aber es würde Probleme geben. Du weißt doch, wie die Leute reden werden. Sie werden dich für einen Perversen

halten, der mit seiner Schwester schläft oder so etwas. Es sieht doch keiner wirklich gern, wenn ein Mann und eine Frau zusammenleben ohne verheiratet zu sein. Ich möchte deinen Ruf nicht schädigen.<< Raphael lachte laut und herzhaft auf. >>Du machst dir zu viele Gedanken. Ich bin dein Bruder, nicht dein Freund. Es ist ja nicht so, als würden wir in einem Bett oder Zimmer schlafen. Meinen Ruf schädigen.<< er lachte erneut. >>Was habe ich jetzt schon noch zu verlieren? Einen Ruf ganz sicher nicht. Mal ganz abgesehen davon, dass der mir auch ehrlich gesagt total egal ist.<< sie schwiegen einen Moment. >>Also, was sagst du dazu? Würde dir das gefallen bei mir zu leben?<<, meinte Raphael dann und seine Stimme klang plötzlich ganz ernst. Helena nickte nur. Das war ihr innigster Wunsch. Endlich zu Hause raus zu können und eine eigene Wohnung zu haben oder mit ihrem Bruder gemeinsam leben zu können. Sie hatten noch so viel nachzuholen!

>>Gut. Dann lass' jetzt aber nicht mehr den Kopf so hängen.<< >>Ist gut.<< >>Gut. Jetzt geh' nach Hause.<< Helena stand auf. >>Ich danke dir, Raphael. Einen Bruder wie dich, gibt's nirgendwo.<< >>Ja, ich weiß. Ich bin einfach super. Und gutaussehend noch dazu. Ich übertreffe mich mal wieder selbst. Und außerdem bin ich dein einziger Bruder. Du wirst dich also mit mir zufrieden geben *müssen*. Ob du nun willst oder nicht.<< Helena lachte. >>Du spinnst doch. An Arroganz fehlt es dir jedenfalls nicht. So viel steht schon mal fest.<<, sagte sie nur und ging. Vor dem Krankenhaus klingelte ihr Handy. Es war keine Nummer zu sehen. Normalerweise nahm sie solche Anrufe gar nicht erst an. Aber irgendein Gefühl sagte ihr, dass sie es

diesmal tun sollte. >>Hallo?<< >>Hier ist Ben.<<, meldete sich die Stimme am anderen Ende. Helenas Herz machte einen kleinen Hüpfer und sie fing an zu zittern. >>Woher hast du denn meine Nummer?<<, versuchte sie ihn ruhig und nüchtern zu fragen, aber er musste einfach die Aufregung in ihrer Stimme hören. Die konnte sie einfach nicht verbergen. >>Von Vicki. Ich habe sie unterwegs getroffen und danach gefragt.<< >>Aha. Sie weiß aber eigentlich, dass sie meine Nummer nicht weitergeben soll, ohne mich zu fragen. Ich mag das nicht und normalerweise nehme ich anonyme Anrufe gar nicht erst an.<< >>Tut mir leid, dass ich dich damit so überfalle. Vicki hat mich schon vorgewarnt für den Fall, dass du gar nicht erst abnimmst. Wo bist du gerade?<< >>Am Krankenhaus. Wieso?<< >>Hast du noch einen Moment Zeit bevor du nach Hause gehst?<< >>Wieso? Was ist denn?<< >>Ich würde gern noch mal mit dir reden.<< >>Hat das nicht Zeit bis morgen? Ich muss nach Hause und das dringend. Meine Eltern warten schon auf mich.<< >>Nein, es ist mir wirklich sehr wichtig. Ich würde es gern heute noch klären.<< >>Na schön. Wo soll ich hinkommen?<< >>Komm ans Schultor. Ich warte da auf dich.<< Ben legte auf. Helena zögerte. Fragend sah sie auf das Display ihres Handys, das jetzt schwarz war. Was war denn das? Ihr Herz schlug ihr bis zum Hals. Sie war aufgeregt. Sehr aufgeregt. In ihrem Bauch kribbelte es furchtbar. Noch mehr als sonst, wenn sie Ben gegenüber stand. Ihre Eltern würden ihr eine fürchterliche Predigt halten, wenn sie noch später kommen würde, aber das Treffen mit Ben schien wichtig zu sein. Zumindest machte er diesen Eindruck. Und nachdem sie noch einmal auf ihre Uhr schaute war ihr klar, dass sie so oder so zu spät zu Hause ankommen würde. Also würde die restliche Überschreitung nun auch nichts mehr ausmachen. So machte sie sich wieder auf den Weg zur Schule.

Etwa fünf Minuten später kam sie am Schultor an. Ben stand bereits dort und wartete auf sie. Als er sie sah, steckte er sein Handy in die Hosentasche und lächelte. Ein paar Schritte ging er auf sie zu, bevor er stehen blieb. Er hielt das Kärtchen hoch, das sie an sein Rad geklemmt hatte am Nachmittag. In der Zwischenzeit war Helena dicht vor Ben und blieb stehen. Sie sah ihm geradewegs in die Augen, auch wenn es ihr schwer fiel, diesen unglaublich tiefgründigen Augen standzuhalten. Und sie spürte ein merkwürdiges Gefühl in der Magengegend. Kein Unwohlsein in dem Sinne wie wenn man etwas Falsches gegessen hat. Eher einen dumpfen, unterschwelligen Schmerz, den sie nicht zuordnen konnte und der sich wie ein Muskelkrampf anfühlte. Sie hielt eine Hand auf die Stelle, ließ sich aber gegenüber Ben nichts anmerken. Sie atmete stattdessen tief durch und fragte dann: >>Also? Was wolltest du nun mit mir besprechen?<< >>Hast du mein Rad reparieren lassen?<< >>Ja. Hast du mich nur deswegen herbestellt? Das hätte auch wirklich Zeit bis morgen gehabt. Wir hätten es auch genauso gut am Telefon besprechen können. Ich muss wirklich dringend nach Hause. Ich habe überhaupt keine Zeit für so was.<< >>Nein, das ist nicht alles. Es ist nur – ich hatte vorhin ein merkwürdiges Gefühl, als du gegangen bist. War bei dir irgendetwas nicht in Ordnung?<< >>Wie kommst du darauf?<< >>Du warst so anders als sonst.<< >>Das hast du dir nur eingebildet. Ich bin so wie immer.<< >>Nein, bestimmt nicht. Ich merke doch, dass etwas nicht stimmt. Du bist mir gegenüber so abweisend. Du verhältst dich ganz anders als sonst. Als wärst du gar nicht du selbst.<< >>Was willst du denn hören?<< >>Die Wahrheit. Ich möchte einfach gern wissen, was mit dir los ist.<< >>Die Wahrheit. Welche Wahrheit denn?<< >>Einfach nur die Wahrheit. Es gibt nur eine.<< >>Das würdest du ja doch nicht verstehen. Ich weiß auch gar nicht, was du von mir erwartest.<< >>Jedenfalls verstehe ich es nicht, wenn du es mir nicht wenigstens erklärst. Ich habe ehrlich gesagt keinen blassen Schimmer, was mit dir los sein könnte. Ich weiß nur, dass du nicht so bist wie sonst. Mehr nicht.<< Helena seufzte. >>*Du* bist anders, seit wir wieder zurück sind. Nicht ich, Ben.<< >>Wie meinst du das?<< >>Du sagst, wir sind nur flüchtige Bekannte.<< >>Ja. Du hast das doch auch gesagt. Was ist also falsch daran?<< >>Ja, aber -<< Helena wusste nicht, was sie sagen sollte. Ben sah sie an und Helena lehnte sich gegen den Steinpfosten am Schultor. Er hatte ja Recht. Was sollte sie da noch sagen? Es war gar nichts falsch daran. Im Grunde erwartete sie von ihm, dass er schon wissen würde, was sie eigentlich wollte. Dass er es einfach erraten würde, ohne dass sie groß etwas sagen musste! Zwischen ihr und Raphael funktionierte das super. Klar, sie waren auch Geschwister und konnten sich dadurch auf einer anderen Ebene miteinander unterhalten. Sie konnte nicht erwarten, dass andere Menschen ihre Gedanken erraten würden, wenn sie sie nicht einmal laut aussprach. >>Was aber?<<, wollte Ben schließlich wissen und unterbrach somit ihren Gedankengang. Helena versuchte die richtigen Worte zu finden, aber es war schwer für sie, wenn nicht gar unmöglich. Sie hatte nie richtig gelernt, über das, was sie dachte und fühlte, zu sprechen. Ihr Bruder war da eine Ausnahme. Er verstand sie auch ohne dass sie viel miteinander sprachen. >>Es ist nur – ich weiß nicht, wie ich es dir sagen soll.<< >>Sag's doch einfach. Du machst es nicht einfacher, wenn du nur herum drugst.<< >>Es ist nur – das Verhältnis zwischen uns im Paradies war irgendwie anders. Einfacher. Wir sind ganz anders miteinander umgegangen. Ich will nicht, dass wir so tun, als wäre nichts gewesen. Ich wünsche mir, dass es so wird, wie es dort war.<< >>Was willst du mir damit sagen, Helena?<< >>Ich – ich glaube, dass ich mich wohl in dich verliebt habe. Und es tut mir weh, wenn du sagst, dass wir nur Bekannte sind.<< Ben sah Helena an und lächelte. >>Warum hast du das denn nicht gleich gesagt?<< >>Ich hatte Angst vor deiner Reaktion. Wie hätte ich dir etwas sagen sollen, wenn du doch versuchst den Schein einer flüchtigen Bekanntschaft aufrecht zu erhalten? Ich kann ja verstehen, dass es für dich als Oberstufenschüler eine brikäre Situation ist. aber das ist es für mich auch und gegen dieses Gefühl habe ich mich nur gesträubt, weil ich nicht wusste, wie du drauf reagieren würdest und weil ich Angst davor hatte, dass du mich abblitzen lässt.<< >>Du brauchst doch keine Angst davor zu haben. Du weißt ganz genau, dass du mit mir reden kannst. Du musst nur zu mir kommen, das ist alles. Wie soll ich denn wissen, wie es dir geht, wenn du nicht mit mir redest? Ich kann zwar deine Laune an sich einschätzen, aber ich kenne doch nicht deine Gedanken. Dagegen hast du dich schon immer gewehrt.<< Ben ging auf Helena zu, bis er dicht vor ihr war. Sie sah ihm direkt in die Augen. Sie schluckte und versuchte ruhig zu atmen, aber ihr Herz schlug ihr bis zum Hals. Sie hatte ein wenig Angst davor, was wohl als Nächstes geschehen würde. >>Ich hatte schon so eine Ahnung, aber ich wollte es selber von dir hören.<<, meinte er dann. >>Und?<< Helenas Herz klopfte wie wild. >>Da gibt's kein und.<< er kam ihr immer näher. >>Was...hast du denn jetzt vor, Ben?<<, stammelte sie, doch da verschloss er ihren Mund schon mit seinen Lippen. Sie waren so warm und weich und der Kuss war sehr zärtlich und liebevoll. Nicht aufdrängend oder fordernd. Mit weit aufgerissenen Augen sah sie ihn an und stieß ihn dann plötzlich von sich. Ehe er sich versah, bekam er schon eine Ohrfeige. >>Genau das meine ich.<< Ben sah sie verständnislos an. Helena erschrak über ihr Tun. Sie hatte ihn doch gar nicht zurückweisen wollen! >>Tut mir leid.<<, sagte sie nur und lief davon. Sie wusste gar nicht, wie ihr geschah und dass sie Ben eine Ohrfeige erteilt hatte, bereute sie bereits in dem Moment, als ihre Hand seine Wange berührte. Ihr brannten Tränen in den Augen und sie konnte durch den Schleier kaum etwas sehen. Wie hatte es nur soweit kommen können, dass sie ihren eigenen Gefühlen nicht mehr über den Weg traute? Ben blickte ihr erschrocken nach.

# 2. Unsicherheit im Herzen

Völlig außer Atem kam Helena zu Hause an. Ben, der ihr mit seinem Rad gefolgt war, nachdem er sich nach der Ohrfeige wieder besann, hatte sie vor der Grundstückseinfahrt wieder eingeholt. Helena wollte gerade im Haus verschwinden, als sie die Bremsen hinter sich quietschen hörte und zurück sah. >>Warte noch einen Augenblick, Helena, bitte.<< sie seufzte, die Türklinke schon in der Hand. >>Was ist denn noch?<< >>Es tut mir leid, wenn ich etwas Falsches getan habe. Es wird nicht wieder vorkommen.<< sie seufzte erneut. >>Es ist nicht deine Schuld. Mir geht im Moment nur zu viel durch den Kopf. Ich muss das erst mal für mich ordnen.<< >>Verstehe. Dann werde ich dich nicht wieder derart bedrängen, versprochen. Ich werde einfach darauf warten, dass du auf mich zukommst, wenn dir danach ist. Soll ich dich morgen trotzdem abholen?<< >>Ich weiß nicht. Hast du nicht ganz anders Unterricht als ich? Es würde dir nur Umstände machen extra bei mir vorbeizukommen.<< >>Ich habe erst zur dritten Stunde, aber ich würde es trotzdem gern machen. Vielleicht kann ich dir ja damit zeigen, dass es mir leid tut.<< >>Nein, lieber nicht. Der Weg bis zur Schule ist ja nicht sehr weit.  Wir sehen uns dann dort. Ich muss jetzt aber wirklich erst mal rein. Bis morgen.<< Helena verschwand im Haus ohne Ben die Gelegenheit zu geben noch etwas zu erwidern. Er war ratlos. Was ging nur in Helena vor? Auch wenn die Zeit zurückgedreht worden war, hatte er noch immer nicht in ihre Gedanken sehen können. Er wollte endlich wissen, was mit ihr los war, aber dazu musste er ihre Gedanken kennen! Was war es nur, dass sie ihren Geist ihm gegenüber so sehr verschloss? Sie war so völlig anders als vorher. Sie wirkte sehr distanziert und abweisend. Vermutlich war es besser, ihr einfach die Zeit zu geben, die sie haben wollte und brauchte, um ihre anderen Dinge zu regeln. Vermutlich würde es dann wieder besser werden. Und wenn er ehrlich zu sich selbst war, dann wünschte er sich sogar sehr, dass es wieder so sein würde wie im Paradies. Zumindest das Verhältnis zwischen ihnen ohne die ganzen Auseinandersetzungen um sie herum. Das war eine gute Zeit gewesen. Trotz allem war es unkompliziert gewesen. Und kaum waren sie zurück, schien sich alles zu verkomplizieren.

Im Haus sprang Helenas Adoptivvater wütend von seinem Sessel im Wohnzimmer auf und ging mit großen Schritten auf sie zu. Grob packte er sie an den Armen und schüttelte sie. >>Wo warst du schon wieder, du verfluchtes Ding? Deine Mutter hat sich Sorgen um dich gemacht! Sie war krank vor Sorge! Dir scheint es völlig egal zu sein, ob sie Angst um dich hat!<< >>Ich war bei Raphael im Krankenhaus.<<, antwortete Helena leise und wich den wütenden Blicken dieses groben Mannes aus. >>Was erlaubst du dir eigentlich, ohne ein Wort zu spät zu kommen?!<< Helena roch den alkoholisierten Atem ihres Adoptivvaters. Es war widerlich. So stank er beinahe jeden Tag. Es war kaum noch zum Aushalten und sie konnte einfach nicht verstehen, dass ihre Ziehmutter das mitmachte. Wie konnte sie sich freiwillig so von ihm behandeln lassen? So bald sie konnte, würde sie von hier verschwinden!

>>Ich habe doch gerade gesagt, dass ich im Krankenhaus bei Raphael war! Ich werde ja wohl noch meinen Bruder besuchen dürfen!<<, sprach sie jetzt etwas lauter. Ihr Vater verpasste ihr daraufhin eine schallende Ohrfeige. Helena trieb es sofort die Tränen in die Augen, aber sie unterdrückte den Drang vor diesem skrupellosen Mann anzufangen mit weinen. Stattdessen hielt sie sich die schmerzende Wange mit der anderen Hand und sah zur Seite.

>>Was fällt dir ein, in einem solchen Ton mit deinem Vater zu sprechen? Du weißt wohl nicht, wen du vor dir hast!<< >>Du bist nicht mein Vater! Mein richtiger Vater hätte mich niemals geschlagen oder angeschrieen! Du bist nichts weiter als ein Säufer, der sich an anderen vergreift!<<, schrie Helena zurück und riss sich los, um sich in ihrem Zimmer einzuschließen. Dort lehnte sie sich mit dem Rücken an die Tür und sank dann an ihr herunter, bis sie auf dem Boden saß. Sie schlug die Hände über dem Kopf zusammen und weinte. In ihrem Bauch breitete sich im selben Moment ein stechender und tiefer Schmerz aus, den sie aber überging. Mit einem Mal brach alles aus ihr heraus. Sie hielt diesem inneren Druck, stark zu sein, nicht mehr stand. Er hatte wieder getrunken! Es war so hoffnungslos mit ihm! Ihr jetziges zu Hause würde sie keinen Tag länger ertragen! Und das wollte sie auch gar nicht! Sie hatte noch geglaubt und gehofft, dass alles anders werden würde, wenn die Zeit zurückgedreht werden würde. Dass ihre Eltern vielleicht anders sein würden, wenn Raphael überlebte, aber sie musste erkennen, dass sie sich getäuscht hatte. Ihr guter Glaube daran hatte sich im Nichts zerschlagen. Helena nahm den Flügelanhänger ihrer leiblichen

Mutter in die Hand und sah ihn intensiv an. >>Es hat mir nichts gebracht, das Paradies und diese Erde zu retten. Es ist alles so geblieben, wie es war. Nichts hat sich geändert! Es war alles umsonst.<<, flüsterte sie und rieb mit den Fingern über den Anhänger. Sie wischte sich die Tränen weg und wollte sich beruhigen, doch da klopfte es wütend an ihre Tür. >>Mach' gefälligst die Tür auf, Helena! Ich bin noch lange nicht fertig mit dir! Hier müssen mal wieder andere Seiten mit dir aufgezogen werden!<< ruckartig schnellte Helena nach oben und ging von der Tür weg. Ihr Herz raste vor Angst und sie spürte, wie ihr kalter Schweiß auf die Stirn trat.

>>Lass mich endlich in Ruhe!<<, brüllte sie, ging rückwärts Richtung Fenster und hielt sich die Ohren zu. Doch ihr Vater hämmerte weiterhin wütend gegen die Tür. Helena befürchtete schon, dass er sie einschlagen würde. Sie wollte seine Stimme nicht länger hören. Diese hasserfüllte, tiefe und brutale Stimme, aber sie konnte ihm auch nicht entfliehen. >>Ich werde zu Raphael ziehen, sobald er zurückkommt.<<, sagte sie dann. >>Das glaubst aber auch nur *du*! Solange du deine Füße unter unserem Tisch hast, wird getan, was wir sagen!<< >>Du hast mir doch schon lange nichts mehr zu sagen!<< damit war für Helena alles gesagt und sie ging von der Tür weg und legte sich auf ihr Bett. Dort vergrub sie das Gesicht im Kissen und weinte hemmungslos. So ging das einfach nicht mehr weiter und sie wurde bald verrückt, wenn sie von diesen Leuten nicht schnell weg kam. >Hilf mir! Ich halte das nicht mehr aus!<, flehte sie gedanklich, doch ihr Bruder schien sie nicht zu hören, weshalb sie noch mehr weinte. >>Wo bist du, Samuel? Warum

bist du jetzt nicht bei mir?<<, schluchzte sie dann in ihr Kissen. Sogleich spürte sie einen leichten Luftzug und die Anwesenheit einer Person. Jemand strich ihr vorsichtig übers Haar. Beinahe so, als würde sie gar nicht berührt werden. Vorsichtig, mit einem Tränenschleier vor den Augen, blickte sie nach oben. Vor ihrem Bett stand Samuel und sah sie traurig und mitfühlend an. Es bedurfte keiner Worte, als er in ihre Augen blickte.

>>Samuel.<< sie warf sich ihm an den Hals und er nahm sie in seine Arme, um sie zu trösten. Mehr brachte sie nicht heraus. >>Es tut mir so leid, was du erfahren musst, Helena. Ich wünschte, ich könnte dir besser helfen.<<, konnte er nur sagen. >>Warum kannst du mich hier nicht einfach rausholen?<< >>Es geht nicht. Ich darf nicht in das Geschehen eingreifen, Helena, das weißt du doch. Du bist nicht in Gefahr. Jedenfalls nicht in ernsthafter. Als Schutzengel kann ich erst dann tätig werden, wenn es für dich gefährlich wird und das ist im Moment noch nicht der Fall.<< >>Wie lange sollst du denn noch warten? Bis er mich halb tot prügelt? Es wäre besser, wenn ich ein ganz normaler Mensch wäre. Diese Fähigkeiten waren noch nie zu etwas nutze. Sie machen mir immer nur Ärger. Sie sind ein Fluch, nichts weiter. Solange ich sie besitze, werde ich niemals Ruhe vor ihm bekommen! Ich bin ein Monster für ihn!<< >>Wir finden sicher eine Lösung. Du musst nur Mut haben und Vertrauen.<< >>Das sagst du so einfach! Wie lange muss ich denn noch warten? Raphael wird jetzt drei Wochen weg sein. In dieser Zeit kann alles Mögliche passieren! Ich will nicht warten, bis ich im Krankenhaus lande oder gar noch Schlimmeres!<<

>>Dann musst du zu Ben gehen.<< Helena sah Samuel erschrocken und verständnislos an. >>Warum ausgerechnet zu ihm?<< >>Er ist der Einzige, der dich in dieser Situation beschützen kann, Helena. Nur er kann dir helfen und beistehen. Du glaubst doch nicht, dass ich nicht merke, was da zwischen euch vor sich geht?! Ich bin dein Schutzengel und was du tust, sehe ich unweigerlich in meinem Geist. Wie du fühlst und handelst, erlebe ich in jedem Augenblick. Geh' zu ihm. Es tut mir sehr leid, dass ich dich durch mein Verhalten derart verstört habe. Das war ganz sicher nicht das, was ich wollte. Dein Herz hat sich längst entschieden. Du solltest diese Entscheidung nicht in Frage stellen, egal was geschieht.<< Helena überlegte einen Moment. >>Und was ist mit dir?<<

>>Was soll mit mir sein? Ich werde dich schützen, wie es meine Aufgabe ist. Anders kann ich dir nicht beistehen. Ich bin nur ein Engel. In dieser Welt hier – in der Welt der Menschen, in deiner Welt – bin ich nicht real. Nur diejenigen, die einen Engel als Elternteil besitzen, können uns wahrnehmen. Und diejenigen, die die Kraft besitzen, zu glauben oder besondere Fähigkeiten mit auf den Weg bekommen haben. Das sind leider nicht sehr viele. Für alle anderen bleiben wir verborgen, auch wenn wir allgegenwärtig sind.<< >>Du meinst also, ich soll keinen Gedanken an dich verschwenden?<< >>So wollte ich das nicht ausdrücken. Du sollst dir nur keine Gedanken über das machen, was war. Mehr als unser jetziges Verhältnis wird niemals entstehen. Denke nicht mehr an das Vergangene. Ben ist derjenige, der für dich geschaffen wurde. Und umgekehrt verhält es sich genauso. Du kennst doch sicher

die Legende, dass für jedes Herz nur ein einziges passendes Gegenstück existiert.<< >>Ja. Wobei man das wohl weniger als Legende bezeichnen sollte.<< >>Siehst du. Raphael ist zwar dein Bruder und euch verbindet auch ein besonderes Band, aber nur Ben kann dir den Schutz und die Geborgenheit geben, die du jetzt wirklich brauchst. Du brauchst nicht die Liebe eines Bruders, sondern die eines Menschen, der alles für dich geben würde. Egal, wie schwierig es auch ist. Geh' zu ihm. Tu es mir zu liebe. Ich bin sicher, er wird das verstehen. Und jetzt hör' auf zu weinen. Wenn du weinst, geht der Glanz in deinen wunderschönen Augen verloren. So will ich dich nicht sehen.<< er strich ihr mit seinem Zeigefinger die Tränen aus dem Gesicht. Helena schluckte und löste sich nun völlig von Samuel. >>Denkst du, du kannst die Kraft aufbringen und zu Ben gehen?<<, wollte Samuel wissen.

>>Ich weiß es nicht. Ich war heute nicht sehr nett zu ihm. Ich würde es ihm nicht mal übel nehmen, wenn er mir die Tür vor der Nase zuschlagen würde.<< >>Dann solltest du das wohl herausfinden.<< >>Aber woher sollte ich denn wissen, wo er überhaupt wohnt?<< >>Wo wohnt er denn in einem Jahr?<< >>In einem Neubau, am anderen Ende der Stadt.<< >>Na dann weißt du doch, wohin du gehen musst.<< >>Wohnt er denn dort?<< >>Was dachtest du denn?<< >>Dass er bei seiner Familie ist.<< >>Nein, Ben wohnt schon seit geraumer Zeit in diesem Neubau. Du solltest dich jetzt zunächst ausruhen, damit du ihn sobald wie moglich aufsuchen kannst, um mit ihm zu reden. Ihr müsst miteinander reden und euch aussöhnen. Denn für die Zeiten, die da noch kommen werden, wirst du viel Kraft brauchen. Dann ist es gut, wenn du jemanden

an deiner Seite hast, der dich bei allem, was du tust unterstützt.<< >>Du sprichst immer in Rätseln. Warum sprichst du mit mir nie, wie mit einem normalen Menschen?<< >>Weil du nicht normal bist, Helena. Du bist etwas Besonders. Das warst du schon am Tag deiner Geburt. Und so behandele ich dich auch jetzt noch. Du kannst nicht leugnen, was du bist.<< Samuel lehnte sich gegen den Fenstersims und stützte sich mit den Händen ab. >>Ich sollte dich jetzt wohl lieber allein lassen, damit du endlich Ruhe findest. Ich liege dir schon wieder viel zu lange in den Ohren mit meinem Kram.<< >>Es ist ja nicht so, dass es an dir liegt.<< >>Das weiß ich doch. Aber ich sollte wissen, wann es Zeit ist, zu gehen. Also dann, schlaf' gut, Helena. Ich werde solange über dich wachen.<< mit diesen Worten verschwand Samuel. Ein heller, glitzernder Schimmer umgab ihn, als er sich auflöste und nur eine Feder blieb zurück, nachdem ein seichter Wind auch die letzten Spuren von Samuels Erscheinen wegwehte. Helena blieb allein im Zimmer zurück. Eine Weile saß sie mit völlig leerem Kopf auf ihrem Bett und blickte an die Stelle, wo Samuel vorher gestanden hatte. Sie wusste überhaupt nicht mehr, was sie noch denken oder tun sollte.

Dann stand sie auf, zog ihr Schlafzeug an und ging zu Bett. Es wollte ihr einfach nicht in den Kopf, dass sie ausgerechnet zu Ben gehen sollte! Wo sie doch so unfreundlich mit ihm umgegangen war! Er würde ihr ganz sicher nicht helfen nach dem, was sie angestellt hatte! Doch bevor sie sich noch länger Gedanken darüber machen konnte, war sie bereits in die Welt der Träume abgetaucht und schlief tief und fest.

Am nächsten Morgen wurde sie von den ersten

Sonnenstrahlen geweckt. Helena sah auf die Uhr. Es war gerade sechs Uhr in der Früh. Sie drehte sich noch einmal zur Wand, aber ihr Fenster war auf und sie hörte die Vögel zwitschern. Ihre Gardinen bewegten sich durch den seichten Wind und so war es unmöglich für sie, die Geräusche und das hereinblitzende Licht auszuschalten und weiterzuschlafen. Es war kalt in ihrem Zimmer, stellte sie schließlich fest. Sie konnte sich nicht daran erinnern, das Fenster am Abend offen gelassen zu haben. Also stand sie auf, zog sich einen Pullover über und ging ans Fenster, um es zu schließen. Ihr Blick fiel auf die morgendliche Skyline der Stadt. Die Sonne ging hinter den Hochhäusern auf und ließ die Glaswände der Bürogebäude glänzen. Für einen Moment wurde sie von den hellen Strahlen geblendet und es überkam sie das Gefühl, als würde sie von diesem Licht verschluckt werden. Im nächsten Moment war das allerdings schon wieder vorbei und ein dumpfer Schmerz machte sich wieder in ihrer Magengegend breit. Helena befürchtete, sich den Magen am Vortag mit dem Essen aus der Schulkantine verdorben zu haben. Und noch etwas kam ihr wieder in den Sinn. Dieses merkwürdige Klingeln und Läuten in ihren Ohren. Es hörte sich an wie ein Windspiel, aber weder an ihrem Fenster, noch an der Eingangstür, die sich direkt unter ihrem Zimmer befand, hing eins. >Das wird nun wirklich mehr als eigenartig.<, stellte sie still für sich fest und blickte gen Himmel. Er war in ein wundervolles, sanftes Rosa und Orange getaucht. Die morgendliche Röte. Helena lächelte. Dieser Anblick hatte etwas sehr Friedliches an sich, so dass sie für einen Moment völlig vergaß, was um sie herum war. Und ihr kam ein Morgen wieder ins

Gedächtnis, als sie und Ben noch im himmlischen Reich waren. Irgendwann stahlen sie sich einfach aus Gabriels Lager davon und gingen ein Stück spazieren. Kein Wort hatten sie miteinander gesprochen, aber das mussten sie auch gar nicht. Sie verstanden sich auch so und so gingen sie einfach nebeneinander her und genossen die Ankunft des Tages.

Dann wurde sie je aus ihren Gedanken gerissen, als ihre Mutter von unten zu ihr hoch rief: >>Helena, zieh' dir was an! Was sollen denn die Leute denken? Willst du etwa, dass sie dich so sehen?<< >>Sollen sie doch denken, was sie wollen!<<, rief sie ihrer Mutter herunter. Entnervt schloss Helena das Fenster, zog die Gardine davor und ging an ihren Schrank, um ihre Schuluniform herauszuholen. Ihre Adoptivmutter konnte wirklich eigenartige Ansichten vertreten hin und wieder! Als ob es so schlimm war, mit einem Pullover am offenen Fenster zu stehen und die frische, morgendliche Luft und die ersten Sonnenstrahlen zu genießen! Aber was das anging merkte sie einfach immer wieder, dass sie nicht das leibliche Kind dieser Leute war. Dahingehend kam sie viel zu sehr nach ihrer leiblichen Mutter. Das wusste sie und das würde sie sich auch nicht nehmen lassen. Zumal die Ähnlichkeit zu ihrer richtigen Mutter auch nicht von der Hand zu weisen war!

Sie hatte noch etwas über eine Stunde Zeit, um in die Schule aufzubrechen. Eigentlich hatte sie überhaupt keine Lust, überhaupt dahin zugehen. Sie wollte Ben nicht sehen. Sie wusste nicht, wie sie ihm gegenüber treten sollte. Was sollte sie ihm denn sagen, wenn er mit ihr reden wollte? Und wie sollte sie ihm verständlich machen, dass sie von ihrem zu Hause weg wollte um ihrem betrunkenen Adoptivvater aus dem Weg zu gehen? Wie sollte sie ihm verständlich machen, dass sie Angst hatte und sie bei ihm sicher fühlte, wenn sie ihm am Vortag doch noch so eine Abfuhr erteilt hatte? Er würde sich vermutlich auslachen oder zumindest nicht ernst nehmen. Und außerdem wusste Vicki sicher schon wieder über alles bescheid. Sie würde sie ausquetschen wie eine Zitrone, wenn sie mehr wissen wollte. Sie bekam doch alles raus, egal mit welchen Mitteln. Und dann würde es in der Schule die Runde machen, dass Helena und Ben nicht miteinander und auch nicht ohneeinander auskamen. Jeder würde sie beobachten und tuscheln. Helena seufzte. Ein grauenhafter Tag würde das werden. Sie sollte sich am besten wieder unter der Bettdecke verstecken! Aber sie seufzte nur und machte sich fertig und ging hinunter in die Küche, um zu frühstücken. Was brachte es schon, sich zu verstecken? Wenn man sich seinen Problemen stellte, würden sie sich viel eher lösen, als wenn man vor ihnen davonlief. Wenn sie etwas im Paradies gelernt hatte, dann das.

Ihre Mutter saß bereits am Tisch und las Zeitung. Vor ihr stand eine Tasse Kaffee und frische Brötchen lagen in einem Korb auf dem Tisch. Ihr Vater war nirgends zu sehen. >>Du bist ja schon so zeitig auf heute, Helena.<< >>Ich konnte nicht mehr schlafen.<< >>Dein Vater war gestern sehr zornig mit dir.<< >>Er ist doch immer wütend, wenn er gesoffen hat.<< >>Entschuldige dich bei ihm, dann wird seine Laune sicher besser werden. Dann wird er auch nicht mehr böse auf dich sein.<< >>Ich denke nicht im Traum daran. Ich habe nichts Unrechtes getan, für das ich mich entschuldigen müsste. Ich habe lediglich meinen Bruder im Krankenhaus besucht. Was ist so falsch daran? Ich wusste nicht, dass das verboten ist, ihn zu sehen. Wenn er so ein Problem damit hat, muss er mich wohl überwachen lassen.<<, meinte Helena wütend, goss sich Milch in ein Glas ein und schnitt sich ein Brötchen auf. >>Du hättest bescheid sagen sollen, wo du warst. Du weißt doch genau, wann du zu Hause sein sollst. Wenn unser Zusammenleben funktionieren soll, dann musst du dich auch an diese Absprachen halten. Das weißt du doch, Helena. Es ging doch sonst auch.<<

>>Ich bin kein kleines Kind mehr, Maria. In einem knappen Jahr werde ich siebzehn. Ihr könnt mich doch nicht den ganzen Tag hier einsperren! Irgendwann werde ich meine eigenen Wege gehen und dann könnt ihr mir nicht mehr vorschreiben, was ich darf und was nicht.<< >>Das tun wir doch auch gar nicht. Dein Vater will nur dein Bestes. Das wollte er immer.<< >>Er ist nicht mein richtiger Vater. Er hat noch nicht einmal das Recht, sich so zu nennen. Er unterdrückt dich doch genauso, wie mich. Warum schmeißt du diesen Mann nicht einfach raus? Er sollte nicht solche Macht über dich haben. Du lässt dich von ihm vollkommen kontrollieren, wie eine Marionette. Wehr dich endlich gegen ihn!<< >>Ich liebe ihn, Helena. Wir sind schon viele Jahre verheiratet. So einfach ist das nun mal nicht. Diese Zeit kann man nicht einfach wegwerfen, als wäre sie nie da gewesen. Ich lasse mich doch nicht von ihm unterbuttern. Aber wenn ich weiß, dass ich im Unrecht bin, dann brauche ich auch nicht zu diskutieren. Hin und wieder muss man einfach erkennen, wann man im Unrecht ist. Nachzugeben ist kein Zeichen von Schwäche, das musst du noch lernen.<< >>Na klasse.<<, meinte Helena nur und packte das Brötchen in eine Lunchbox, zusammen mit einem

Apfel und Mandarinen. >>Was erwartest du denn? Es kann sich nicht immer nur alles um dich drehen, Helena!<< >>Wunderbar! Er schlägt mich, falls dir das noch nicht aufgefallen ist! Willst du das etwa tolerieren? Ich habe mich immer zurückgehalten! Aber irgendwann ist es genug! Ich muss mich nicht schlagen lassen, von niemandem! Und das hat auch nichts damit zu tun, dass es dann nur um mich geht. Wenn ich körperlich angegriffen werde, steht mir das Recht sehr wohl zu, dass es um mich geht und ich auf mich aufmerksam mache.<< >>Er schlägt niemanden. Und eine Ohrfeige hat noch niemandem geschadet!<< >>Verschließ deine Augen nur vor dem, was er ständig macht und was er ist. Aber ich werde das nicht mehr länger mitmachen. Sobald Raphael von seiner Kur zurück ist, werde ich zu ihm ziehen und es gibt's nicht, was einer von euch dagegen machen könnte. Schöne Adoptiveltern seid ihr! Darauf kann ich herzlich gern verzichten! Hättet ihr uns doch lieber wieder ins Heim zurückgegeben! Da wären wir zumindest besser aufgehoben gewesen, als bei euch. Ein Wunder, dass man euch überhaupt Kinder überlassen hat!<< wütend nahm Helena ihre Schultasche und die Lunchbox und verschwand. Sie hatte die Nase gestrichen voll. Sie ging geradewegs zur Schule, auch wenn dort noch niemand sein würde. Das Schultor war allerdings schon geöffnet und der Hausmeister kehrte gerade den Hof. Es war hin und wieder wirklich praktisch, wenn die Schule nur fünf Minuten zu Fuß entfernt war. Auf die Art und Weise konnte sie sich wenigstens immer aus dem Staub machen, wenn sie es nicht mehr aushielt. Der Schulpark stand sowieso zu jeder Tages- und Nachtzeit offen. Also konnte sie dort immer hin, wenn ihr danach war.

Helena sah den Hausmeister mit seinem grauen Vollbart und den tätowierten Unterarmen kurz an und verschwand dann im Schulpark. Dort setzte sie sich in einen der vielen Pavillons, die unter anderem dazu dienen sollten, auch im Freien lernen zu können oder Freistunden hier zu verbringen und sank in sich zusammen. Ganze drei Wochen musste sie dieses Martyrium zu Hause noch aushalten. Drei Wochen, in denen alles Mögliche passieren konnte! Dann musste Raphael erst eine neue Wohnung finden, die groß genug für sie beide war. Und erst dann konnte sie ihre sieben Sachen packen und dieses ätzende Haus mit diesen furchtbaren Menschen verlassen. Das konnte noch eine ganze Weile dauern, aber wenigstens würde er in drei Wochen wieder zu Hause sein. Dann war sie nicht mehr allein. Dann war endlich alles überstanden und würde ein wenig besser werden. Helena lehnte sich zurück und seufzte. Sie sah in das satte Grün der Bäume, die ihr am frühen Morgen bereits kühlenden Schatten spendeten und nur wenige Sonnenstrahlen hindurch ließen. Auf einem hohen Ast in einem Baum, direkt gegenüber dem Pavillon, saß Samuel in seinem weißen Gewand und blendete sie. Einen Moment sah sie ihn einfach an ehe sie realisierte, dass er tatsächlich da war und sie sich von ihren Gedanken lösen konnte. >>Was tust du denn hier?<<, wollte sie wissen und richtete sich schnell auf.

>>Ich wollte sehen, wie es dir geht. Ich mache mir Sorgen um dich, Helena.<< >>Du hast doch gesagt, dass du über mich wachst.<< >>Das allein scheint nicht zu genügen. Die Zeit, die du noch auf deinen Bruder warten musst, wird schwierig werden.<< >>Ich weiß, aber ich schaffe das schon. Bisher bin ich doch

auch durchgekommen. Ich bin sogar aus einem Krieg heil wieder zurückgekommen. Dann sollte es eigentlich kein Problem sein, drei Wochen zu überstehen.<< >>Bist du sicher?<< >>Ich habe doch dich.<< >>Was ist mit Ben?<< >>Ich will im Moment nicht mit ihm sprechen. Ich will ihn auch nicht sehen. Ich glaube auch kaum, dass er mit mir reden möchte, nachdem ich ihm gestern eine gescheuert habe.<< >>Du weißt nicht, wie du ihm gegenüber treten sollst, das ist es. Du hast Angst vor einer Begegnung mit ihm. Weil du nicht wahrhaben möchtest, dass er vielleicht gar nicht nachtragend ist.<< >>Vielleicht.<< Samuel sprang vom Baum und ging auf Helena zu, die sich nicht rührte auf ihrem Platz. >>Wie gern würde ich dir jetzt mehr sein, als nur dein Schutzengel – Helena. Dass dich solche Sorgen quälen, macht mich traurig. Ich möchte dir gern helfen, doch ich kann dir nur Ratschläge geben.<< >>Du musst dir keine Sorgen um mich machen, Samuel. Ich komme klar. Und solange ist es ja auch nicht mehr, bis Raphael wieder da ist. Das schaffe ich schon. Ich habe immerhin einen Krieg niedergekämpft. Dann werde ich wohl mit meinem Adoptivvater auch noch drei Wochen aushalten.<< >>Das sagst du, um dich selbst zu beruhigen. Und du weißt, dass du dir damit etwas vormachst.<< >>Hör' schon auf. Ich pass' auf mich auf, keine Angst. Allmählich hört es sich so an, als müsste ich mir mehr Sorgen um dich machen.<< >>Wieso?<< >>Weil wir anfangen, unsere Rollen zu tauschen und das ist nicht gut. Komm schon, Samuel. Hör' auf, dir Gedanken zu machen. Es geht mir gut, aber manchmal brauche eben auch ich meine Ruhe. So, wie du es gestern Abend schon festgestellt hast.<< >>Dann lass' ich dich wohl besser allein.<< Samuel verschwand und Helena war wieder allein. Sie sank zusammen. Ihr Tag war schon jetzt gelaufen. Und sie hatte Samuel etwas vorgemacht. Und das auch nur, weil sie ihn loswerden wollte. Selbst seine Gegenwart war ihr im Augenblick einfach nur zu viel. In Wahrheit machte es sie krank, wie es im Moment zuging. Samuel wusste genau, was mit ihr los war, aber wie konnte sie das eingestehen? Das konnte sie nicht. Jedenfalls jetzt noch nicht.

Allmählich wurden Stimmen laut und die ersten Schüler kamen. Gegen viertel Acht kam auch Ben mit seinem Rad auf dem Schulhof an. Während er es abschloss, trudelten auch die Jungs aus der Mannschaft ein und gesellten sich zu ihm. Helena machte sich im Pavillon klein, damit sie nicht entdeckt wurde und beobachtete die Jungs von weitem. Sie sah, wie glücklich Ben mit den Leuten aus seiner Mannschaft war. Als Kapitän der Fußballmannschaft genoss er großes Ansehen unter den anderen Schülern und er war dadurch auch eher in der Lage, Dinge zu verändern, wenn sie nicht richtig liefen. Sie seufzte und rutschte ein Stück auf der Bank herunter. Es war einfach nur dumm von ihr, zu glauben, alles könnte wie vorher sein. Es war naiv zu glauben, das Verhältnis zwischen ihr und Ben würde werden wie im himmlischen Reich. Das war Wunschdenken von ihr gewesen! Sie musste wohl mit Ben sprechen, aber sie brachte den Mut dafür einfach nicht auf. Jedenfalls jetzt noch nicht. Es war einfacher, der ganzen Situation aus dem Weg zu gehen. Sie hörte nicht die Schritte, die langsam auf sie zukamen, weshalb sie auch fürchterlich zusammenfuhr, als ein Schatten über ihr war und sie jemanden ganz dicht bei sich atmen hörte. >>Was machst du denn hier um diese Uhrzeit?<<, wollte Ben wissen und lehnte frech grinsend mit den Unterarmen auf dem steinernen Rand des Pavillons. Irritiert sah Helena zu ihm und an die Stelle, an der er eben noch gestanden hatte. >>Nichts.<<, entgegnete sie ein wenig verwirrt und rutschte von ihm weg. Es war ihr unheimlich, dass er so schnell bei ihr war und sie ihn nicht einmal kommen hörte. >>Nichts?<< Ben schmunzelte. >>Ja, nichts. Ich sitze hier und warte, dass die Zeit vergeht.<<

>>Dann wird es langsam Zeit, dass du dich aufraffst und in die Schule gehst. In fünf Minuten geht der Unterricht los. Du willst doch nicht schon wieder zu spät kommen oder?<< >>Mir doch egal. Ist ja nicht so, als würden alle auf mich warten. Der Unterricht findet auch ohne mich statt. Als ob ich noch irgendwas lernen würde. Und was ist überhaupt mit dir? Bist du etwa nur hergekommen, um mir das zu sagen?<< >>Nein, keineswegs. Deine Einstellung verwundert mich ein wenig, um ehrlich zu sein. Was ist los? Vor einigen Tagen warst du doch noch so euphorisch, was die Schule anging. Und jetzt ist dir auf einmal alles egal?<< >>Nichts ist los. Lass' mich allein.<< >>Vergiss es. Ich gehe erst, wenn ich weiß, was mit dir los ist. Eher lasse ich dich nicht mehr in Ruhe.<< >>Was willst du denn von mir? Macht es dir auf einmal nichts mehr aus, dass man uns zusammen sehen könnte? Immerhin bist du in der Oberstufe und ich nur in der Mittelstufe. Ich dachte es ziemt sich nicht, dass sich ein älterer Schüler mit einem jüngeren unterhält oder anderweitig abgibt. Warum änderst du deine Meinung auf einmal?<< >>So, wie du dich hier versteckt hast, befürchte ich eher, dass alle denken werden, ich wäre

völlig bescheuert, weil ich mit mir selbst rede.<< >>Damit haben sie vielleicht nicht mal unrecht. Ein wenig übergeschnappt bist du vielleicht wirklich.<< >>Was soll das, Helena? Was habe ich dir denn getan? Warum bist du so bösartig mir gegenüber? Ich würde echt gern mal wissen, was dein Problem ist. Du zickst mich nur noch an. Ich gebe mir wirklich Mühe nett zu dir zu sein und gebe dir Zeit, damit du deine Dinge ordnen kannst. Aber ich sehe einfach nicht ein, warum ich mich von dir so angiften lassen muss, wenn ich nicht einmal weiß, wieso.<< entnervt stand Helena auf, nahm die Tasche über die Schulter und sah Ben mit einem strengen Blick an. >>Denk' mal genau nach.<< damit ging sie an ihm vorbei und würdigte ihn keines weiteren Blickes. Es war irgendwie eigenartig. Helena beschlich das Gefühl, dass sich alles genau so abspielte, wie in dieser anderen Zukunft. Der einzige Unterschied war nur, dass ihr Bruder lebte. Ansonsten war alles ganz genau so. Sie verhielt sich den anderen gegenüber genauso abweisend, wie vorher. Selbst Ben blieb von ihrer miesen Laune nicht verschont. Dabei konnte er eigentlich gar nichts dafür, dass sie sich unwohl fühlte. Die Bauchschmerzen, die sie seit dem Vortag mit sich herum schleppte wurden immer schlimmer und nahmen krampfartige Ausmaße an. Irgendetwas in ihrem Kopf sagte ihr, dass sie nicht hier sein sollte, aber sie schlug diesen Gedanken immer wieder bei Seite und schenkte dem keine Beachtung.

Ben blieb nichts anderes übrig, als ihr verdutzt hinterher zu sehen und ihr schließlich nachzugehen. Helena verschwand in ihrem Klassenzimmer. Vicki saß genau neben ihr und wollte natürlich wissen, was los war. Sie bemerkte Helenas genervten Gesichtsausdruck, aber das hatte sie noch nie abgehalten. Wenn sie etwas wissen wollte, erfuhr sie es auch. Egal, wie lange sie nachbohren musste. >>Was ist denn mit dir, Helena? Du siehst ziemlich genervt aus.<< >>Bin ich auch.<<

>>Soll ich dich in Ruhe lassen?<< >>Selbst wenn ich sehr froh darüber wäre – das machst du doch sowieso nicht, bist du weißt, was du wissen willst.<< >>Stimmt. Also erzähl' schon. Was war denn wieder los?<< Helena seufzte. >>Ich habe im Moment einfach keine Lust mehr. Mehr ist da nicht.<< >>Und Ben hat nicht zufällig etwas damit zu tun? Ich habe dich mit ihm gesehen.<< >>Und? Was hat das denn jetzt damit zu tun?<< >>Was läuft da eigentlich zwischen euch? Raus mit der Sprache und glaube bloß nicht, dass ich deine Schwindelei glaube. Du brauchst mir gar nicht erzählen, dass da nichts laufen würde. Würde mich nicht wundern, wenn dein Verhalten sehr stark mit ihm zusammenhängt.<< Helena sah Vicki verwirrt an. In dem Moment ertönte die scharfe Stimme des Lehrers. >>Helena und Victoria! Raus, vor die Tür. Ihr denkt wohl, ihr könnt hier jeden Tag den Unterricht stören! Es gibt durchaus noch Schüler, die ernsthaft etwas lernen wollen.<< schweigend standen die beiden Mädchen auf und gingen vor die Tür. Helena lehnte sich auf dem Korridor gegen die Wand neben der Klassentür und sah durch die gegenüberliegende Glaswand nach draußen. Vicki stand ihr direkt gegenüber an der Glaswand, die auf den Sportplatz zeigte. Sie blickte Helena die gesamte Zeit schweigend an. Schließlich verschränkte sie die Arme vor der Brust und stöhnte genervt. >>Zwischen uns läuft nichts. Warum hörst du nicht endlich auf, mich damit zu nerven, Vicki?<<, gab Helena nach einer Weile zur Antwort.

Sie ertrug diesen starren Blick ihrer Freundin einfach nicht lange. >>Aber du siehst nicht so aus, als wärst du glücklich darüber. Du hast doch gestern noch gesagt, dass er dich nicht interessiert. Und heute machst du ein Gesicht wie drei Tage Regenwetter. Ich mache mir eben Sorgen um meine Freundin.<< >>Das tut er auch nicht. Er interessiert mich nicht die Bohne. Was kann ich dafür, wenn er mir ständig hinterher läuft? Ich habe ihn nicht darum gebeten, so aufdringlich zu sein. Es gibt genug andere Mädchen an dieser Schule, die sich darüber freuen würden, wenn er sie mal ansprechen würde. Keine Ahnung, warum er sich ausgerechnet mich ausgesucht hat. Mir geht das einfach nur auf die Nerven und ich möchte eigentlich einfach nur meine Ruhe haben.<<

>>Du lügst mich an, Helena. Sonst würdet ihr euch nicht treffen. Ich habe euch gestern auch wieder gesehen. Und er hat mich nach deiner Nummer gefragt. Das erschien mir mehr als eigenartig, da du ihn doch nicht magst. Wenn du dich nicht mit ihm treffen willst, brauchst du doch nur nicht hingehen. Ich denke, selbst dir ist das klar. Ganz egal scheint er dir also nicht zu sein, wenn du trotzdem hingehst. Warum lügst du mich also noch an? Vertraust du mir etwa nicht? Denkst du, ich würde es gleich allen rum erzählen, wenn ihr zwei ein Paar seid?<< >>In der Regel brauche ich das nicht nur zu glauben. Ich kann mir sicher sein, dass du das tun wirst. Du konntest bisher kein einziges Geheimnis für dich behalten, egal wie nichtig es war oder von wem es war. Du bist und bleibst ein Tratschweib. Ich weiß außerdem auch gar nicht, was du meinst. Wir sind kein Paar und werden es auch nicht sein, geschweige denn jemals werden. Wir sind einfach nur flüchtige

Bekannte, mehr nicht.<< >>Und morgen kommt der Weihnachtsmann. Deine Geschichte nimmst du dir doch nicht mal selbst ab. Ihr habt euch gestern Abend vor dem Schulhof getroffen und geküsst. Das war ja wohl mehr als überdeutlich.<< Helena errötete etwas. >>Woher weißt du das denn schon wieder?! Hast du mir etwa hinterher spioniert?<< >>Ist doch egal, woher ich das weiß. Ich war eben zufällig dort.<< >>Zufällig! Wer's glaubt, wird selig. Du warst einfach nur neugierig und bist entweder mir hinterher gegangen oder hast Ben ausgefragt.<< >>Liebst du ihn denn?<< >>Das steht doch hier gar nicht zur Debatte.<< >>Und was dann?<< >>Verstehst du sowieso nicht. Das Ganze ist viel zu kompliziert für dich.<<

>>Warum musst du dir nur immer alles so schwer machen, Helena? Du stellst dir doch selbst ein Bein damit. Merkst du das denn gar nicht?<< >>Ich mache mir gar nichts schwer. Ich habe im Moment auch noch anderes im Kopf, als mich um ihn zu kümmern oder auch nur einen Gedanken an Jungs zu verschwenden. Es soll durchaus Dinge geben, die wichtiger sind, als Jungs, auch wenn das für dich vermutlich schwer zu glauben sein wird.<< >>Und was soll das zum Beispiel sein?<< >>Das geht dich gar nichts an.<< >>Vielen Dank auch. Es freut mich, dass du mir so viel Vertrauen entgegenbringst und so offen zu mir bist.<< >>Das sind einfach Dinge, die niemanden etwas angehen! Ich bin dir keine Rechenschaft darüber schuldig, was ich tue und was nicht. Du bist weder meine Mutter, noch mein Vater oder mein Freund. Wir können uns gern unterhalten, aber es geht dich nicht alles etwas an. Außerdem-<<, Helena stockte einen Moment und überlegte es sich dann anders. >>Was?<<

>>Nichts weiter. Ich will nicht darüber reden. Ben ist in der Oberstufe. Nenn' mir nur einen aus der Oberstufe, der sich mit Schülern aus der Mittelstufe abgibt. Die wollen doch nur angeben, damit sie hinterher erzählen können, was für Weiberhelden sie sind. Die meinen das doch eh nicht ernst. Und spätestens, wenn sie zur Uni gehen ist Schluss und du bist vergessen. Die sind alle gleich, ohne Ausnahme. Erst machen sie einem Mädchen schöne Augen, dann verabreden sie sich ein oder auch zwei Mal mit ihnen und dann schießen sie diese Mädchen ab und tun so, als wären sie die Oberschlauesten.<< >>Micha.<<, warf Vicki mit einem Schlag ein. >>Was?<< Helena war verwirrt. Was für ein Kerl sollte das denn bitte sein? >>Micha? Wie kommst du jetzt auf den?<<

>>Michael Tama, aus der Oberstufe. Der ist eine Ausnahme! Er ist mein Freund. Mein fester Freund. Seit zwei Monaten. Du bist die Erste, der ich das erzähle. Es soll hier niemand wissen, darum tun wir so, als würden wir uns nicht kennen. Du kennst doch die Regeln dieser Schule. Wenn herauskommt, dass wir zusammen sind, werden wir beide bestraft und vermutlich würde Micha dann an eine andere Schule versetzt werden.<< >>Na und? Er wäre doch selbst Schuld dran. Warum hast du dich auf so etwas eingelassen? Das wird niemals gut gehen.<< >>Das kann man nicht wissen, wenn man es nicht ausprobiert. Und bis jetzt klappt es ganz gut. Rede nicht alles gleich wieder schlecht, nur weil du keine guten Erfahrungen gemacht hast. Du bist nicht die Einzige auf der Welt, die an jemandem hängt und im Gegensatz zu dir möchte ich gern daran glauben, dass das gut gehen kann.<< >>Jeder weiß, was dieser Michael für ein Typ ist.<< >>Er ist nicht so,

wie immer erzählt wird. Du musst dir mal ein eigenes Bild von ihm machen, dann wirst du deine Meinung ändern.<< >>Ach nein, ist er das nicht?<< >>Nein! Aber das können die ja nicht wissen. Sie haben noch nie versucht, hinter seine Fassade zu sehen. Und du tust das genauso wenig. Du hörst nur Gerüchte und schenkst denen sofort Glauben! Ich hätte dir das gar nicht erzählen sollen. Du kriegst ja noch nicht mal deine eigenen Probleme auf die Reihe.<< >>Was?<<

>>Du solltest vielleicht mal mit Ben reden.<< >>Wieso? Was hat das denn jetzt damit zu tun?<< >>Hast du dir schon einmal Gedanken darüber gemacht, wie es ihm gehen könnte? Du denkst nur darüber nach, was er in deinen Augen alles falsch macht, aber hast du ihm schon mal die Gelegenheit gegeben an dich heranzukommen?<< >>So einfach ist das nicht.<< >>Klar. Bei dir ist doch nie etwas einfach. Du denkst doch nur an dich. Du bist viel zu sehr damit beschäftigt, dich selbst zu bemitleiden. Und dabei merkst du gar nicht mehr, dass es anderen auch schlecht gehen könnte. Es bist immer nur du, die Hilfe braucht und die das Opfer ist. Aber das du an der Situation mit Ben nicht ganz unschuldig bist, das kommt dir gar nicht erst in den Sinn. Du brauchst dich gar nicht zu wundern, wenn er irgendwann nichts mehr von dir wissen will.<< >>Du hast überhaupt keine Ahnung, was meine Beweggründe sein könnten! Mit welchem Recht behauptest du also, ich würde mich nur um mich kümmern? Denkst du wirklich, ich mache es mir so einfach?<< >>Ja, das denke ich allerdings. Wie kompliziert kann es denn schon sein? Wie schwer kann es denn sein, sich vor ihn hinzustellen und mit ihm zu reden? Alles, was du tun musst ist, deinen Mund aufzumachen.<< >>Ich kann

nichts dafür, wenn er so wendig ist und einen Tag so spricht und einen anderen Tag wieder anders! Ich lasse mich von niemandem herumschupsen, auch nicht von einem Ben. Mir doch egal, wie hoch angesehen er an dieser Schule ist! Niemand besitzt das Recht so mit mir umzugehen.<< >>Ich glaube eher, du fürchtest dich davor, dass er es wirklich ernst meinen könnte. Du siehst in jedem anderen immer nur einen potenziellen Feind, der dir schaden könnte. Dass es auch anders sein könnte, auf die Idee kommst du erst gar nicht. Ich finde das ehrlich gesagt traurig. Du bist sicher nicht ganz unschuldig daran, dass er sich so verhält. Und ich finde einfach, dass du dich bei ihm entschuldigen solltest.<< >>Was soll das nun wieder heißen? Unterstellst du mir etwa, dass ich daran schuld bin, wenn er nicht weiß, was er will?!<< >>Das habe ich nicht gesagt oder? Aber wenn du das meinst-<< >>Ich lasse mich von niemandem hinhalten. Ich warte nicht Ewigkeiten auf ihn, bis ihm mal einfällt, dass er sich für mich interessiert. Wenn er denkt, er könnte das mit mir machen, soll er es ruhig tun. Aber dann muss er auch einsehen, dass das der falsche Weg ist und er bei mir an der falschen Adresse ist damit.<< >>Weißt du, wie man das bezeichnet, was du da abziehst?<< >>Wie denn bitte?<< >>Du verarscht ihn! Und zwar nach Strich und Faden. Wie kann man nur so egoistisch sein? Spring endlich über deinen Schatten und entschuldige dich bei ihm! Deine Sturheit macht noch alles kaputt! Es sind nicht immer nur die anderen, die Fehler machen. Du bist ebenso wenig unfehlbar, wie der Rest der Menschheit.<< Helena machte nur einen verächtlichen Laut und sah zum Treppenaufgang. Sie war absolut nicht in der Stimmung, um mit Vicki über solche Themen zu sprechen. Dort kamen gerade die Jungs aus der Fußballmannschaft herauf. So, wie sie aussahen, war ihr Training vor wenigen Minuten zu Ende gegangen. Helena sah schnell wieder weg und Victoria sah ihre Freundin mit einem intensiven, aber bösen Blick an. Sie gab ihr damit deutlich zu verstehen, dass sie es missbilligte, wie sich Helena aufführte. Es war absolut nicht angebracht.

>>Na, wenn das kein Zufall ist. Du solltest die Gelegenheit gleich nutzen und mit ihm sprechen, um endlich alles zu klären. Noch so eine Gelegenheit wird sich nicht so schnell wieder anbieten.<< >>Ich weiß wirklich nicht, von was du redest. Lass mich endlich in Ruhe damit. Es gibt nichts zu klären.<< genervt verschränkte Helena die Arme vor der Brust und sah nach unten auf die Kacheln des Fußbodens. Die Jungs gingen lachend an ihnen vorbei und sie spürte Bens Blicke ganz genau auf sich ruhen. Sie sah ihn jedoch nicht an. Das konnte sie einfach nicht, denn dann müsste sie eingestehen, dass sie sich falsch verhalten hatte und das konnte sie nicht. Jemand von den Jungs stieß sie versehentlich an. Das reichte, um Helenas Wut zum Überkochen zu bringen.

>>Hey!<<, entfuhr es ihr. Sie war durch das Gespräch mit Vicki wahnsinnig aufgeregt und der Stoß war der Tropfen, der das Fass zum Überlaufen brachte. Alle blieben stehen und sahen sie erschrocken an. >>Ihr glaubt wohl, nur weil ihr Oberstufenschüler seid, könnt ihr machen was ihr wollt und braucht euch nicht mal zu entschuldigen oder was?!<< Victoria zuckte zusammen. Helena nahm sich viel zu viel heraus für ihren Geschmack. Das konnte niemals gut ausgehen. Die Tür zum Klassenzimmer ging auch prompt in

diesem Moment auf und der Lehrer sah heraus. >>Was ist das hier schon wieder für ein Lärm? Ich habe euch nicht auf den Korridor geschickt, damit ihr hier solchen Lärm macht oder noch lauter miteinander redet!<< alle blickten zum Lehrer. Helena musste sich mächtig zusammenreißen, um nicht zu explodieren. Es passte ihr absolut nicht in den Kram, dass sich ihr Lehrer nun auch noch einmischte, aber sie war noch nicht so dreist, seine Autorität in Frage zu stellen. >>Ich bin mir sicher, dass die Jungs der Mannschaft anderes zu tun haben, als hier auf dem Gang rum zu lungern. Habt ihr kein Training?<<, wollte der Lehrer wissen. >>Wir waren gerade auf dem Weg in unsere Klasse, Herr Mickow.<<

>>Das will ich auch für euch hoffen. Lasst gefälligst die Mädchen in Ruhe.<< er sah Helena und Victoria an. >>Und ihr zwei reißt euch jetzt zusammen, sonst dürft ihr nach dem Unterricht vorbei kommen und nachsitzen. Es befinden sich genügend Aufgaben in meinem Repertoire, die ihr mit Freude lösen könnt. << Herr Mickow verschwand wieder im Klassenzimmer und Helena sah die Jungs wieder an. >>Also was nun? Kriege ich vielleicht mal eine Entschuldigung zu hören oder wie?<<, wollte sie wissen. >>Tut mir leid.<<, ertönte Johannes' Stimme von ganz hinten, dann gingen sie weiter. Im Weggehen hörte Helena, wie sich die Jungs über ihr Verhalten aufregten und amüsierten, aber das war ihr egal. >>Bist du jetzt völlig übergeschnappt oder was? Jetzt halten sie dich doch endgültig für bescheuert!<<, entfuhr es Victoria. >>Du kannst sie doch nicht einfach so anfahren, wie kleine Schuljungs. Das sind Oberstufenschüler, verdammt!<< >>Sie sind nichts Besseres, nur weil sie

Oberstufenschüler und Fußballer sind.<< >>Trotzdem kannst du ihnen nicht so forsch gegenübertreten. Deine Probleme mit Ben haben nichts mit den anderen zu tun.<< >>Sie sind keine Gottheiten, die man anhimmeln muss, nur weil sie gut aussehen. Das gefällt denen doch erst recht. Die meisten von denen haben doch sowieso nichts im Hirn. Ich lasse mich von denen nicht rum kommandieren, nur weil sie in der Oberstufe sind.<< >>Du bist echt so was von bescheuert. Du und dein blöder Stolz ständig. Das kann einem echt auf die Nerven gehen.<< >>Ach, lass' mich doch zu Frieden. Du verstehst absolut gar nichts, Vicki. Lass mich doch einfach in Ruhe, wenn es dir sowieso nicht passt.<< damit war für Helena das Gespräch beendet. Sie hatte keine Lust, weiter darüber zu diskutieren, was in Vickis Augen richtig oder falsch war. Nach der Stunde wurden Helena und Victoria zum Lehrer gerufen, um sich zu verantworten. Danach nahm sich Helena schweigend ihre Sachen und machte sich auf den Weg in den Schulpark. Sie hatte eine Freistunde und wollte alleine sein. Es gab noch genug Aufgaben, die sie zu erledigen hatte für die anderen Stunden. Dabei wollte sie nicht gestört werden. Vicki kam ihr zum Glück nicht hinterher. Vorerst gab sie wohl Ruhe und hielt Abstand zu ihr. Es kam ihr ganz gelegen. Sie musste erst mal ihre Gedanken ordnen. Helena setzte sich wieder in denselben Pavillon wie am Morgen und schloss die Augen.

>Warum machst du so was?<, hörte sie eine Stimme in ihrem Kopf. Helena schrak auf und sah sich um, ehe sie begriff, dass die Stimme in ihrem Kopf war und nicht von jemandem kam, der sich gerade in ihrer Nähe aufhielt. Sie schloss wieder die Augen. >Lass

mich in Ruhe, Raphael.<, war ihre einzige Antwort auf die Frage ihres großen Bruders. >Warum sollte ich? Ich bin ein Mal nicht da und meine kleine Schwester macht nur Blödsinn. Ich verstehe nicht, warum du dich ständig in solche Miseren manövrierst.< >Ich dachte, du solltest dich um deine Reha kümmern. Ist das nicht wichtiger, als mir hinterher zu spionieren? Ich komme schon klar, keine Bange.< >Keine Sorge, das läuft schon alles hier bei mir.< >Warum störst du mich dann?< >Ich weiß, dass du deine Ruhe haben willst, Helena, aber ich bin dein Bruder. Und als großer Bruder ist es meine Pflicht, dich zu stören und dir auf den Geist zu gehen. Du weißt doch ganz genau, dass ich spüre, wenn es dir nicht gut geht. Ich mache mir einfach nur Sorgen um dich. Umgekehrt ist es doch genauso.< >Ja, aber im Gegensatz zu mir scheint es dir niemals schlecht zu gehen oder du versteckst es einfach nur zu gut. Was weiß ich. Auf jeden Fall nervst du mich jetzt einfach nur. Komischerweise kommen immer dann alle an, wenn ich unbedingt allein sein will. Ich scheine irgendetwas an mir zu haben, das andere förmlich dazu einlädt, mir auf die Nerven zu gehen bis ich sauer werde.<

>Was geht dir denn durch den Kopf, dass du dich so von allen abkapselst?< >Nichts. Ich dachte, du weißt, was mit mir los ist. Warum musst du da erst noch fragen?< >Ich kann zwar telepathisch mit dir kommunizieren, aber ich kann nicht deine Gedanken lesen. Das ist ein kleiner Unterschied, Schwesterherz. Kein großer, aber dafür ein entscheidender.< >Und warum weißt du dann immer über alles bescheid und schleichst dich in meine Gedanken? Wenn du keine Gedanken lesen kannst, bin ich eine Heilige.< >Es macht

einfach Spaß, in den Gedanken der anderen zu stöbern. Man kann unheimlich interessante Dinge von den Menschen erfahren, wenn man es nur geschickt genug anstellt. Das solltest du auch einmal probieren. Es ist ein unheimlich guter Zeitvertreib, wenn einem langweilig ist.< >Spanner. Du brauchst eindeutig eine Freundin, damit du ausgelastet bist und nicht mehr auf solchen Blödsinn kommst. Apropos – du weißt, dass diese Art, miteinander zu reden, sehr anstrengend ist. Du solltest dich schonen und das Gespräch beenden, Bruderherz.< >Du willst nur nicht mit mir reden.< >Richtig. Du liegst wie immer richtig, Bruderherz.< >Und warum willst du nicht?< >Ist doch egal.< >Nein, ist es nicht. Ich mache mir Sorgen um dich. So einfach lasse ich mich nicht von dir abwimmeln.< >Du nervst. Merkst du das gar nicht?< >Das weiß ich sehr wohl. Und es macht mir unheimlichen Spaß dir auf die Nerven zu fallen und zu beobachten, wie dich das auf die Palme bringt. Ich sorge mich einfach.< >Das musst du aber nicht. Ich habe doch Samuel. Der passt schon auf mich auf, solange du nicht da bist, keine Sorge. Er führt seine Aufgabe äußerst gewissenhaft aus.< >Aber auch er kann nicht für dich da sein. Jedenfalls nicht so, wie du es jetzt nötig hättest. Er ist nur dein Schutzengel. Er wird erst aktiv, wenn es für dich gefährlich wird.< >Ach komm, lass es gut sein. Es ist alles in Ordnung.< >Du hast dich immer noch nicht mit Ben ausgesprochen oder?< >Wie kommst du darauf?< >Das kann ich deutlich fühlen. Warum redest du nicht einfach mit ihm?< >Es ist nicht wichtig. Im Moment zählen für mich andere Dinge, als mir über so etwas Banales wie Liebesdinge Gedanken zu machen. Was wollt ihr überhaupt alle von mir?! Es ist doch meine

Sache, ob ich mit ihm spreche oder nicht. Kümmert euch um eure eigenen Dinge.<

>Banal. Das sagst gerade du, die sich darüber am meisten Gedanken macht. Wenn du die Sache mit Ben nicht bald bereinigst, wirst du daran zu Grunde gehen. Und nicht nur das, du setzt auch eure Freundschaft aufs Spiel, falls du das noch nicht bemerkt hast. Das kannst du nicht wollen. Irgendwann ist es zu spät für eine Versöhnung. Sei nicht so stur und springe endlich über deinen Schatten. Dieses eine Mal musst du den ersten Schritt tun.< >Ich muss über keinen Schatten springen, denn es ist nichts vorgefallen.< >Du spielst das Mädchen, dass in einer heilen Welt lebt, wirklich viel zu perfekt, Helena. Niemand kauft dir das ab. Du belügst dich nur selbst damit. Falls du es noch nicht bemerkt haben solltest, versucht Ben immer wieder mit dir zu sprechen. Und was machst du? Du weist ihn ab. Was glaubst du, soll er davon halten? Was glaubst du, wie lange er sich das noch anschaut? Geh' endlich zu ihm und rede mit ihm, sonst komme ich persönlich vorbei und bringe dich zu ihm. Und wenn ich das nicht kann, sage ich deinem Schutzengel bescheid. Samuel wird mir sicher mit Freuden dabei helfen.< >Hat da dein Schutzengel nicht etwas dagegen?< >Was sollte Anna dagegen haben? Sie ist mein Schutzengel, nicht mein Aufpasser. Ich kann deswegen immer noch tun und lassen, was ich will.< Helena fing an, schwer zu atmen. Aus irgendeinem Grund strengte sie das Gespräch mit Raphael sehr an, obwohl es ihr körperlich eigentlich gut ging. Das Klingeln in ihrem Kopf wurde wieder lauter und die Schmerzen in ihrem Bauch kehrten verstärkt zurück. >Strengt es dich an?<, wollte Raphael wissen. Sein Ton klang nun

nicht mehr vorwurfsvoll. Es schien auch jede Streitlaune aus seiner Stimme gewichen zu sein. Er klang viel eher besorgt. Ernsthaft besorgt. >Etwas, ja.<, gab sie zu. >Seltsam. Eigentlich müsste ich mehr Probleme bekommen als du.< >Ist doch egal. Hör' zu, Raphael. Ich muss gleich wieder zum Unterricht. Hast du mir noch etwas zu sagen?< >Nein, nichts.< Raphael klang gekränkt, als er die Verbindung auflöste. Helena atmete auf. Sie spürte, dass ihr der Schweiß auf der Stirn stand. Schnell trank sie einen Schluck aus ihrer Wasserflasche, die sie jeden Tag mit in die Schule nahm und stand auf, um wieder in die Schule zu gehen. Sie war überrascht, als sie einige Schritte taumelte und drohte zu stürzen. Dass sie dieses Gespräch so aus dem Konzept brachte, hatte sie nicht erwartet und ihr wurde kurz schwarz vor Augen. Sie kämpfte mit aller Macht dagegen an.

Eine Hand packte sie plötzlich am Arm und bewahrte sie vor dem Sturz. Helena sah auf. Hinter ihr stand Samuel. Sie musste die Augen ein wenig zusammenkneifen, um ihn richtig erkennen zu können. >>Pass auf, Helena. Du bist sehr unachtsam geworden.<< >>Ich war in Gedanken. Danke dir.<< >>Ich weiß. Bist du sicher, dass du das Richtige tust?<< >>Das ist ganz allein meine Sache.<< >>Du begehst den gleichen Fehler, wie nach dem Tod deines Bruders.<< >>Mein Bruder ist nicht tot.<< >>Nein, aber er war es. Und zu dieser Zeit zogst du dich von allem zurück. Es brachte dir nichts außer Einsamkeit. Mach' diesen Fehler um Himmels Willen nicht noch einmal. Jetzt hast du die Chance, etwas zu ändern. Du gefährdest die Freundschaft zu Vicki und zu Ben. Sprich dich mit ihm aus. Du wirst sehen, dass es dir hinterher besser gehen wird. Und ich bin sicher, dass alles wieder gut werden wird, wenn ihr nur miteinander sprecht.<< >>Meine Familiengeschichte geht ihn nichts an und wird ihn auch nicht interessieren. Außerdem hat sie nichts mit ihm zu tun.<< >>Da irrst du dich. Die Probleme in deiner Familie sind der Grund, warum du Ben abwehrst. Du hast Angst vor ihm und vor deinen eigenen Gefühlen ihm gegenüber.<< >>Er verhält sich doch genauso.<< >>Weil er nicht weiß, wie er dir gegenübertreten soll. Du verunsicherst ihn, Helena. Weil du ihm einmal deine Gefühle offenbarst und dich im nächsten Moment wieder völlig vor ihm verschließt und zurückziehst. Woher soll er wissen, was du wirklich denkst? Wie soll er sich dir anvertrauen, wenn du dich ihm nicht anvertraust? Du bist nicht bereit mit ihm über das, was dich beschäftigt zu sprechen. Aber wenn du das nicht tust, dann werdet ihr niemals den Weg zueinander finden und euch auseinander leben, bis ihr euch nicht mehr kennt und die Straßenseite wechselt, wenn ihr den anderen seht.<<

>>Er kann doch Gedanken lesen, wenn er andere berührt. Dann soll er eben das tun. Aber ich bin einfach nicht dazu bereit, ihm irgendetwas zu erzählen, das in meinen Privatbereich gehört.<< >>Er kann keine Gedanken nicht lesen, weil du eine Mauer errichtest, die es ihm unmöglich macht, zu erkennen, was in dir vorgeht. Das solltest du doch langsam wissen. Und gegen deinen Willen würde er dies auch niemals tun. Dafür mag er dich viel zu sehr, als dass er so handeln würde. Ich glaube kaum, dass es so weitergehen kann mit euch. Außerdem sollte dir inzwischen klar geworden sein, dass du die Einzige bist, bei der er diese Gabe wissentlich nicht einsetzt. Seine Gefühle für

dich verbieten es ihm. Mach dir das endlich bewusst. Er meint es wirklich ernst mit dir.<< >>Seit wann bist du ein Liebesengel? Kommst du demnächst auch mit Bogen und Liebespfeilen dahergeflogen? Ich dachte, du wärst nur dafür zuständig, dass mir nichts geschieht.<< >>Ja, du hast recht. Es steht mir nicht zu, mich in dein Leben einzumischen. Ich bin nur ein Guardian.<< Helena sah, dass Samuel gekränkt war. Sie stellte sich dicht vor ihn und strich mit ihrer Hand über sein Gesicht. >>Es tut mir leid. Ich wollte dich nicht kränken. Das war nicht meine Absicht, verzeih. Ich verspreche dir, dass ich mit Ben reden werde. Aber zu einem Zeitpunkt, den ich selber wähle. Ich will nicht dazu gedrängt werden. Denn genau das tut ihr alle im Moment und das macht es nicht einfacher für mich.<< >>Verstehe.<< >>Nimm es mir nicht übel. Ich bin im Moment etwas durcheinander.<< >>Ich weiß. Ich lass' dich wieder allein. Aber wenn du reden möchtest, dann rufe einfach nach mir.<< Samuel verschwand und Helena ging in die Schule zurück.

# 3. Ein klärendes Gespräch

Die Woche verlief für Helena eher trist. Vicki war sauer auf sie, weil Helena sie so angegangen war und Ben ging sie selbst aus dem Weg, weil sie sich nicht traute, mit ihm zu sprechen. Zu Hause wurde es auch nicht besser. Ihr Vater saß nur noch im Wohnzimmer und trank. Er trank wenn sie früh zur Schule ging und er trank, wenn sie abends nach der Schule und den ganzen Kursen nach Hause kam. Er entwickelte sich nicht sehr zu seinem Besten. Er war nur noch gereizt und schrie herum. Wenn sie nicht auf die Minute genau zu Hause war, gab es eine Ohrfeige oder Schlimmeres. Meistens schloss sie sich dann in ihrem Zimmer ein. Dort kam er nie herein. Er hämmerte zwar wie ein Irrer gegen ihre Tür, tobte und schrie herum, aber er war noch nie so weit gegangen, die Tür zu ihrem Zimmer wirklich einzuschlagen. Warum unternahm ihre Mutter nichts dagegen? Sie sah nur zu und verharmloste alles. Sie drehte immer alles so, dass Helena schuld war. Und das machte sie wütend. Unsagbar wütend. Sie konnte einfach nicht verstehen, dass ihre Adoptivmutter freiwillig bei einem so gewaltbereiten Menschen blieb. Sie konnte auch nicht verstehen, dass Maria überhaupt Gefühle für diesen Mann hegte. Es war ihr einfach unverständlich.

Helena glaubte nicht, dass es in dieser Woche auch nur einen Abend gegeben hatte, an dem sie nicht weinend in ihrem Bett gelegen hatte. Sie wollte nicht weinen und lieber stark sein, aber sie konnte es einfach nicht mehr. Ihre Kraft neigte sich dem Ende. Und ihre

Magenschmerzen wurden von Tag zu Tag schlimmer und sie konnte sich noch immer nicht erklären, woher dieses ständige Klingeln kam, das sie immer wieder hörte. Samuel hatte sie absichtlich nie gerufen deswegen. Sie wollte nicht, dass er sie so hilflos sah. Auch Raphael rief sie nie. Er hatte jetzt andere Sorgen, als sich ihre Probleme anzuhören. Er musste zunächst wieder auf die Beine kommen und wenn es ihm besser ging, dann würde es sicher auch aufwärts gehen. Zumindest war dann die Zeit, die sie noch in diesem Haus verbringen musste, absehbar. Außerdem war sie nicht sehr nett zu ihrem Bruder gewesen. Irgendwie musste sie das erst wieder bei ihm gut machen. Sie würde sich etwas für seine Rückkehr einfallen lassen, damit er ihr verzieh. Eine Entschuldigung war das Mindeste. Helena wünschte sich, wieder mit ihrem Bruder bei ihren richtigen Eltern zu leben, aber das würde nie wieder möglich sein. Von ihnen wäre sie nie so behandelt worden. Die Jahre, an die sie sich noch erinnern konnte, waren erfüllt von Sonnenschein und dem Lächeln ihrer Eltern. Sie konnte sich an keinen Streit zwischen ihnen erinnern oder ihr und ihrem Bruder. Es war immer alles sehr schön gewesen. Eigentlich hätte sich das Jugendamt einschalten müssen, aber vermutlich würden die erst einschreiten, wenn sie tot war oder etwas anderes Schlimmes geschehen war. Auf der anderen Seite konnten die Leute von dort natürlich auch nichts wissen wenn sie ihnen nichts sagte und immer alles gut war, wenn ein Mitarbeiter zur Kontrolle kam.

Helena sah auf die Uhr. Es war gerade sieben Uhr Abends. Eigentlich wollte sie zu Hause bleiben, aber es war Samstag und sie hatte sich vorgenommen, heute mit Ben zu sprechen. Sie wusste ja, wo er wohnte. Und ihr war klar, dass es an der Zeit war, sich ihm anzuvertrauen. Irgendwann konnte sie einfach nicht mehr vor ihren eigenen Gefühlen davon laufen. Das sah selbst sie ein. Sie musste nur zu ihm fahren und mit ihm reden. Und sie konnte nur hoffen, dass er verstand, warum sie sich ihm gegenüber abweisend verhalten hatte. Andererseits hatte er ebenfalls seinen Teil dazu beigetragen. Vermutlich musste sie zuerst über ihren Schatten springen. Er würde wohl nicht zu ihr kommen. Er hatte ihr vor einigen Tagen sehr deutlich zu verstehen gegeben, dass er darauf warten würde, dass sie auf ihn zukam. Also gut, dann tat sie das nun auch endlich. Helena raffte sich von ihrem Bett auf und ging zu ihrem Kleiderschrank. Wenn sie schon zu ihm ging, wollte sie wenigstens einigermaßen passabel aussehen. Nach langem Wühlen fand sie ein kurzes Sommerkleid. Rot und mit Bändern am Ausschnitt. Sie kämmte sich die Haare und steckte sie zusammen. Dann suchte sie ihre kleine rote Tasche und steckte ihre Geldbörse und ihren Schlüssel ein. Von ihrem Schreibtisch fiel eine Bleistiftzeichnung herunter. Helena hob sie auf. Auf dem Papier war Ben zu sehen. Sie hatte ihn als Engel gemalt. Ihr Blick fiel unweigerlich auf ihr eigenes Spiegelbild, als sie in den Spiegel über ihrem Schreibtisch blickte. >Man, ich stell mich wirklich blöd an.<, sagte sie in Gedanken zu sich und klemmte die Zeichnung wieder unter den Spiegelrahmen.

Sie musste unweigerlich lächeln. Dann ging sie nach unten und wollte gerade durch die Hintertür in die Garage verschwinden, um ihr Rad zu holen, als ihr Vater ihr hinterher brüllte: >>Wo willst du um diese Uhrzeit noch hin?!<< >>Ich treffe mich mit Freunden.

Wir wollen ins Kino gehen.<< >>Du bleibst gefälligst hier, junge Dame!<< >>Du hast mir gar nichts zu sagen. Ich bin sechzehn. Ich kann meine eigenen Entscheidungen treffen. Ob und mit wem ich weggehe, ist meine Sache.<< mit wenigen Schritten war ihr Vater bei ihr und sah sie zornig funkelnd an. >>Wenn ich etwas sage, hast du gefälligst darauf zu hören!<< >>Nur, weil Mutter sich dir unterwirft, heißt das nicht, dass ich das auch machen muss.<<, gab sie mit bissigem Unterton zurück. Es war ihr egal, ob er sie dafür schlagen würde. Sie legte es darauf an und dieses Mal würde sie es nicht einfach so hinnehmen. Dieses Mal würde sie sich gegen ihn zur Wehr setzen. Fast befürchtete Helena wieder eine Ohrfeige, aber sie blieb aus. >>Dir fehlt eine strenge Hand! Dir muss mal jemand Manieren beibringen!<< >>Willst du mich schlagen, so wie du es immer tust?<< >>Ein Klaps hat noch niemandem geschadet und du hast anscheinend noch nicht genug bekommen!<< >>Du bist nicht mein Vater, dass du mir Vorschriften machen könntest. Beim nächsten Mal zeige ich dich an, das kannst du wissen.<<, sie funkelte ihn zornig an. In Ihrem Blick war nichts, außer fester Entschlossenheit zu erkennen. Wütend rauschte Helena davon. Sie war erleichtert, dass ihr Vater ihr nicht hinterher kam. Sie wollte ihn nicht mehr sehen. Je öfter sie ihm aus dem Weg gehen konnte, desto besser. Desto weniger lief sie Gefahr, dass sie von ihm eine gewischt bekam. Helena fuhr los. Der Weg war weit. Bis zum anderen Ende der Stadt würde sie eine ganze Weile unterwegs sein. Sie fuhr genau denselben Weg wie zu der Zeit, als die große Katastrophe ihren Lauf genommen hatte. Damals, als das Flugzeug über der Stadt vom Himmel gestürzt war und so viele Seelen sich ihrer bemächtigen wollten, weil sie ein Portal zur anderen Seite bildete. Helena fröstelte etwas bei dem Gedanken, was in dieser anderen Zukunft geschehen war. Sie befürchtete, wieder diesen Schatten zu sehen. Inzwischen wusste sie ja, dass es Chinai gewesen war. Eigentlich dürfte ihr nichts passieren. Die Gefahr war abgewandt, ihr Bruder lebte. Und trotzdem blieb dieses mulmige Gefühl in ihrer Magengegend, das sie sich nicht erklären konnte. Dieser dumpfe Schmerz, der mal stärker und mal schwächer in den Vordergrund rückte, aber ein steter Begleiter geworden war.

Sie hatte die Zukunft geändert, aber war das Schicksal wirklich lenkbar? Konnte man es einfach so in andere Bahnen lenken? Vielleicht würde der Moment doch noch kommen, dass Raphael an ihrer Stelle sterben würde! Und dann würde alles wieder von vorn losgehen. Dann war alles umsonst gewesen. Alles, für was sie gekämpft und gestanden hatte, wäre dann umsonst gewesen. Innerlich zuckte Helena bei diesem Gedanken zusammen. An einer Kreuzung bremste sie scharf ab, als sie gerade noch bemerkte, dass die Ampel rot war und Kinder vor ihr über die Straße gingen. Geduldig wartete sie, bis sie endlich weiterfahren konnte. Irgendwie war ihr nicht wohl zu mute. Vielleicht war Ben auch gar nicht zu Hause, dann war sie völlig umsonst gefahren. Vielleicht ließ er sie auch gar nicht in seine Wohnung?! Je mehr Gedanken sich Helena darüber machte, desto mehr bekam sie das Gefühl, dass sie wieder umkehren sollte. Sie machte sich völlig verrückt im Kopf! Aber irgendetwas hielt sie davon ab umzukehren und so fuhr sie weiter, bis sie vor dem großen Neubau, in dem Ben seine Wohnung hatte, ankam. Dort stellte sie ihr Rad in den Ständer und klingelte. Niemand öffnete. Helena wartete einen Moment, aber es tat sich nichts. Auch nachdem sie erneut klingelte, blieb es stumm und der Türsummer wurde nicht betätigt. Etwas enttäuscht nahm sie wieder ihr Rad und lief in den Stadtpark zurück. Inzwischen war etwas Wind aufgekommen und sie fror. Im Schatten der Bäume war es kühl. Sie stellte ihr Rad neben eine Bank und setzte sich. Es hatte also nichts gebracht. Sie konnte sich nicht mit Ben aussprechen. Wenn es heute nicht ging, dann würde sie diese Gelegenheit vermutlich vorerst nicht wieder bekommen. Zumindest nicht in der Schule.

Vermutlich würde sie nicht noch einmal den Mut aufbringen, zu ihm zu gehen, beziehungsweise, einfach von zu Hause zu verschwinden, ohne zu sagen, wohin sie ging. Diese Kraft, sich ständig mit ihrem Adoptivvater anzulegen hatte sie einfach nicht mehr. Helena seufzte. Die Sonne färbte den abendlichen Himmel bereits rosa, aber sie konnte sich nicht an dieser Pracht erfreuen. Ihr gingen so viele Dinge durch den Kopf. Im Gebüsch hinter ihr raschelte es und eine Amsel sprang heraus und flog mit einem kleinen Wurm im Schnabel davon. Helena überlegte, ob sie wieder nach Hause fahren sollte, aber da würde es vermutlich nur Ärger geben. Also würde sie die Zeit wohl im Park absitzen müssen. Sie sah auf die Uhr. Es war erst Acht. Helena bekam Gänsehaut. Ihr wurde es zu kalt, aber sie hatte auch nicht an eine Jacke oder einen Pullover gedacht. Der lag noch auf ihrem Stuhl im Zimmer. Sie schloss einen Moment die Augen und als sie sie wieder öffnete, konnte sie Ben in einiger Entfernung sehen. Er schien geradewegs auf sie zuzukommen. Vielleicht hatte er sie schon bemerkt. Sie konnte also auch nicht einfach auf ihr Rad aufsteigen und verschwinden. Das würde wohl auch sehr unhöflich auf Ben wirken. Also tat sie, als hätte sie ihn nicht gesehen und sah auf den Boden. Ihr war noch immer kalt, ihr standen die Haare zu Berge. Nach einer Weile hörte sie Bens Schritte auf sich zukommen, aber sie sah nicht auf. Das traute sie sich einfach nicht. Es war ihr peinlich, dass Ben sie in diesem schwachen Moment sehen würde. Die Entschuldigung war für sie schon schwer genug.

Wenig später legte er ihr eine Jacke über die Schultern und setzte sich zu ihr. Schweigend verbrachten sie einen Moment nebeneinander, in dem Helena die Jacke vor der Brust mit einer Hand festhielt und Ben durchatmete. Dann fragte er: >>Was machst du denn um diese Uhrzeit noch hier? Du wohnst doch in einem ganz anderen Stadtteil, Helena. Bist du davon gelaufen?<< >>Ich musste einfach raus.<< sie stand auf und zog sich die Jacke zu. Ansehen konnte sie Ben nicht. >>Magst du vielleicht mit zu mir kommen? Du siehst aus, als könntest du jemanden zum Reden brauchen. Und etwas Warmes zu Trinken schadet dir sicher auch nicht. Du weißt ja sicher noch, wo meine Wohnung ist.<< >>Ja.<< >>Ich gehe dann also wohl auch recht in der Annahme, wenn ich einfach mal behaupte, dass du schon bei mir geklingelt hast?<< >>Ja. Da mir niemand aufmachte, wollte ich eigentlich wieder nach Hause fahren. << >>Na, dann komm. Ich mach' dir einen Tee und du wärmst dich erst mal auf.<< Ben stand auf und ging einige Schritte voraus. Im nächsten Moment erklang eine Stimme in Helenas Kopf. Dieses Mal war sie aber sehr deutlich zu hören und nicht mehr nur dieses leise Klingeln, das sie ständig begleitete.

Jemand rief ihren Namen, aber sie konnte nicht zuordnen, wer das sein sollte. Verwirrt sah sie Ben an. >>Was ist?<<, wollte er wissen. >>Hast du gerade meinen Namen gerufen?<< >>Nein, wie kommst du denn darauf?<< >>Jemand ruft mich.<< >>Wer sollte dich denn rufen? Hier ist doch niemand weiter außer uns.<< >>Ich weiß nicht. Letztens war diese Stimme auch schon da. Ich höre ständig dieses Klingeln im Kopf. Aber ich dachte, es wäre nichts weiter.<< der Ton wurde lauter in Helenas Kopf. Es schwoll immer weiter an, bis es ihre Gedanken völlig vereinnahm und Helena sich die Ohren zuhielt. Auch, wenn das nicht sehr viel brachte. Fest drücke sie die Hände auf ihre Ohren und hoffte, dass das Geräusch wieder verschwinden würde, aber es wurde einfach nicht besser. >>Du irrst dich sicher, Helena. Da ist nichts.<< Helena sah Ben an. Sie konnte erkennen, dass er besorgt war und sich schon umsah, ob nicht doch ein anderer in der Nähe war, der sich einen dummen Scherz erlaubte mit ihr. Helena sah ihn inzwischen nur noch verschwommen. Als sie sich umblickte, war sie irritiert. Sie konnte alles klar und deutlich sehen. Ben war der Einzige, der vor ihrem Auge verschwamm. Plötzlich durchfuhr sie ein brennender Schmerz im Bauch und schließlich im gesamten Körper. Sie fiel auf die Knie und krümmte sich vor Schmerz. Ben legte ihr eine Hand auf die Schulter. >>Helena?!<< sie brachte kein Wort heraus. >>Was passiert hier, Ben?<<, sie schrie auf vor Schmerz, als wieder dieses Klingeln in ihrem Kopf erklang und ihr Magen krampfte sich zusammen. Es gelang ihr nur mit Mühe, sich nicht zu übergeben. >>Hör' nicht auf diese Stimme, Helena. Dein Platz ist hier.<< verwirrt sah sie zu Ben auf. Er sah sie angstvoll und panisch an, als ob er etwas wüsste, das sie nicht wusste. >>Hier ist das Leben, das du dir erbaut hast und das du dir so sehr ersehnst. Wenn du dieser Stimme folgst, wird das alles hier verschwinden. Du wirst daran zerbrechen, wenn du jetzt zurückkehrst. Du wirst nie so glücklich sein wie hier. Das alles wird verschwinden und nicht wiederkehren.<< die Stimme in Helenas Kopf wurde immer lauter. Sie verstand nicht, was Ben da sprach. Er musste völlig wirr geworden sein. >Helena!< die Stimme drang auf sie ein. Zu dem Klingeln kamen jetzt noch ein Rauschen und ein Lichtpunkt in der Ferne dazu. Helena zitterte fürchterlich. Ihr Kopf schmerzte schrecklich und sie fühlte sich übel und krank.

>>Was ist das? Was geht hier vor, Ben?<<, murmelte sie. >>Helena, sieh' mich an!<< er nahm ihr Gesicht zwischen seine Hände und sah ihr tief in die Augen. Sie zwinkerte. Es fiel ihr schwer, sich auf sein Gesicht zu konzentrieren. >>Schau nicht in das Licht! Es wird dich nur blenden! Ignorier diese Stimme! Sie wollen dich doch nur verwirren. Deine wahre Welt ist hier. Dafür musst du kämpfen. Sieh' einfach nur mich an, dann wird alles gut.<< Helena vernahm Bens Stimme kaum noch. Sie wollte ihn so gern ansehen, aber sie konnte es einfach nicht. Sie hörte sie nur wie durch Watte. Diese andere Stimme – die, die ständig nach ihr rief – war viel eindringlicher und fordernder. >Komm zurück, Helena! Wach endlich auf! Helena! Gib' dir Mühe und kämpfe dagegen an!<, forderte diese andere Stimme sie auf und der Lichtpunkt wurde immer größer, bis er sie fast völlig umgab. Sie wollte die Augen öffnen und Ben ansehen, aber er war nur noch ein grauer Schatten und sah sie traurig an. Er streckte

seine Hand nach ihr aus. >>Wenn du hier bleiben würdest, könntest du glücklich werden.<<, waren die letzten Worte, die sie von ihm vernahm. >>Ich kann nicht. Ich muss einfach gehen. Irgendetwas ist dort.<<, antwortete sie nur traurig, dann wurde sie von diesem Licht verschluckt, das sie warm und weich umhüllte und wie auf einer Wolke wurde sie getragen und fühlte sich sicher und geborgen.

Der plötzliche Schmerz peinigte ihren Körper und durchfuhr sie wellenförmig. Ihr war schlecht und alles drehte sich. Sie fühlte sich wie auf einem Schiff auf hoher See in einem schweren Sturm. Sie fühlte sich wie auf einem Karussell. Sie verstand nicht, was da vor sich ging, bis sie abrupt die Augen aufschlug und schockartig einatmete. Sie bäumte sich auf unter diesem heftigen Schmerz. Sogleich spürte sie Hände an ihren Schultern, die sie unter einem starken Druck wieder nach unten drückten und festhielten. Sie wehrte sich kaum dagegen. Dafür fehlte ihr einfach die Kraft. Das Licht blendete sie. Helena richtete sich etwas auf und ein heftiger Hustenreiz überkam sie, als sie sich auf ihren rechten Arm stützte. Alles krampfte sich in ihr zusammen, ihr drehte sich der Magen um vor Schmerz und sie musste sich übergeben. Gleichzeitig strich ihr jemand beruhigend über den Rücken. Ihr Herz schlug schmerzend gegen ihre Brust, als gehöre es nicht zu ihr. Sie fühlte sich fremd in diesem Körper, eingesperrt und unecht. Sie sollte nicht hier sein!

Es fühlte sich an wie die Hölle! Sie schmeckte Blut auf ihrer Zunge und spuckte es aus. Eisige Kälte hielt ihre Glieder in festem Griff. Helena konnte sie kaum spüren, geschweige denn bewegen, aber sie spürte das heftige Zittern ihrer Gliedmaßen. Ihre Arme zitterten unter ihrem Gewicht und völlig kraftlos fiel sie zurück auf den kalten, harten Boden. Jegliche Kraftreserven waren aufgebraucht und aus ihrem Körper verschwunden. Sie konnte nicht mehr. Sie wollte auch gar nicht mehr. Es gab nichts mehr in ihr, womit sie hätte Widerstand leisten können. Weder an körperlicher, noch an mentaler Stärke. Sie konnte sich ja noch nicht einmal daran erinnern, was eigentlich geschehen war, wo sie war und wer sie hier ständig anfasste! Dieses Anfassen von Unbekannten machte sie verrückt und sie wollte es nicht. Es war ihr unangenehm. Das Atmen fiel ihr schwer und schmerzte höllisch. Jeder Atemzug brannte heftig und am liebsten wollte sie die Luft für immer anhalten und nie mehr atmen. Die bleierne Schwere ihres Körpers erdrückte sie. Sie fühlte sich eingeengt in diesem Körper, gefangen. Sie wollte ihn verlassen, aber etwas hinderte sie daran. Irgendetwas drängte sie dazu, in diesem Körper zu bleiben ob sie es wollte oder nicht. Immerhin war sie auch von irgendetwas oder irgendjemandem zurückgerufen worden. Sie spürte den schwachen Druck einer Hand auf ihrem Bauch. Der Schmerz war schlimmer als alle Qualen, die sie in der Hölle durchleben konnte. Ihr schossen Tränen in die Augen und sie schrie auf. Es war, als würde ihr jemand ein glühendes Eisen auf die Wunde drücken. Warum musste ihr Körper ihr nur solche Qualen zufügen? Diese Schmerzen konnte sie einfach nicht aushalten. Es machte sie wahnsinnig und sie wehrte sich dagegen. Sie schlug um sich mit den Armen und trat mit ihren Füßen nach allem, was sich ihr näherte. Sie wandte sich unter den festen Griffen, die sie auf den Boden drückten und sie dazu zwangen, diese Schmerzen zu ertragen. Sie hörte ein fernes Schreien und erkannte, dass sie selbst es war.

Helena verstand absolut nicht, was um sie herum geschah. Sie spürte nur, dass sie von jemandem in die Arme geschlossen wurde, als das brennende Gefühl im Magen endlich ein wenig nachließ. Sie zitterte am ganzen Körper, fühlte sich schwach und elend. Sie schob die Person etwas von sich weg, weil sie keine Luft bekam und ihr derjenige wehtat. Sie erinnerte sich wieder dunkel daran, dass sie mit Chinai gekämpft hatte und er ihr eine tödliche Wunde am Bauch zugefügt hatte. Danach war alles schwarz um sie herum geworden und erst hier wieder zu sich gekommen unter diesen qualvollen Schmerzen. Ihr war eisig kalt. Helenas Blick war noch verschwommen. Sie konnte nur ein paar Schatten um sich herum wahrnehmen, die sich über sie beugten und auf sie einsprachen, doch weder konnte sie hören, noch verstehen, was sie von ihr wollten oder zu ihr sagten. Sie wusste nur, dass ihr die Berührungen dieser Leute unangenehm waren und sie nicht angefasst werden wollte. Sie trugen etwas Großes, Mächtiges auf ihren Rücken – schillernd weiß, sodass es Helena blendete – und ihre Kleidung war mit roten Flecken besudelt. Sie hörte alles nur wie durch Watte. Sie spürte, wie jemand eine Hand wieder auf die Wunde an ihrem Bauch legte und sie zuckte erneut zusammen. Reflexartig legte sie ihre Hand auf den Arm des Anderen und versuchte dessen Hand wegzudrücken, aber sie konnte nicht genug Kraft dafür aufbringen. Um aufzubegehren und zu schreien fehlte ihr einfach die Kraft und schnell löste eine andere Person ihre verkrampften Finger vom Arm der zweiten Person und hielt sie fest. Der Schmerz war unerträglich. Die Berührung brannte wie Feuer, aber es war nicht mehr so schlimm, wie beim letzten Mal. Sie wand sich unter der Berührung und spürte den festen Druck mehrerer Hände an ihren Armen und Beinen. Sie fühlte sich beinahe wie eine Besessene, aber sie konnte absolut nichts dagegen tun. Ihr Atem wurde immer flacher. Es war, als würde alles Leben aus ihrem Körper weichen. Fast hatte sie das Gefühl, als würde sie ersticken und sie geriet in Panik und hustete erneut. Ihr Atem ging heftig, denn sie hatte Angst davor, dass sie keine Luft mehr bekommen könnte. Sie befreite ihre linke Hand aus dem Griff der dritten Person und legte sie ebenfalls auf die Wunde und spürte etwas Feuchtes, Warmes unter ihren Fingern. Sie wusste, dass es Blut war, ohne es ansehen zu müssen. Die Berührung schmerzte höllisch. Aber so wusste sie zumindest, dass sie doch nicht tot, sondern am Leben war.

Sie stöhnte auf. Sie wusste, die Wunde, die Chinai ihr beigebracht hatte, war tödlich. Sie bedeutete ihr Ende und sie spürte dieses Ende nahen. Immer wieder zog es sie fort und im gleichen Moment hielt irgendetwas sie an diesem Leben. Helena hatte Angst vor dem Tod und sie wollte noch nicht sterben, auch wenn sie es sich oft ersehnt hatte, um wieder mit ihrem Bruder zusammen sein zu können. Sie klammerte sich an dieses Leben, das sie eigentlich so sehr hasste und sich nie gewünscht hatte und das ihr dennoch so viel bedeutete und das sie so sehr wollte. Sie war bereits in der anderen Welt gewesen, hatte sich abgenabelt von ihrem Körper. Wer hatte sie nur wieder in diese schreckliche Welt zurückgebracht? So würde sie den Tod noch einmal erfahren, doch diesmal schmerzvoll und unter langen Qualen. Das wollte sie einfach nicht. Sie wollte das nicht ertragen müssen.

Helena blinzelte, aber ihr Blick wurde kaum klarer. Es wurde im Gegenteil noch schlimmer und sie erkannte noch nicht einmal mehr Farben. Jemand hielt ihr ein Schälchen mit Wasser an die Lippen. Sie versuchte zu trinken und führte ihre Hand ebenfalls an die Schüssel – zittrig – aber sie hatte nicht das Gefühl, ihren Durst stillen zu können. Sie spuckte alles wieder aus. Sie bekam es einfach nicht herunter. Es war, als hätte sie einen Kloß im Hals, der sie am Trinken hinderte. Ihre Lippen waren spröde, ihr Hals trocken. Sie schloss die Augen wieder und wollte einfach nur schlafen. Sie war so müde und erschöpft. Für einen Moment vergaß sie den peinigenden Schmerz in ihrem Bauch und im linken Bein. Da sie ihn sowieso nur sporadisch wahrnahm, war es ihr auch egal. Sie wollte sich einfach nur noch beruhigen, um atmen zu können. >>Helena, nicht einschlafen.<<, hörte sie wieder diese Stimme. Sie hörte sich sagen: >>Ich bin so müde.<< und spürte, dass ihr jemand vorsichtig auf die Wange schlug.

>>Helena! Sieh' mich an! Wenn du jetzt einschläfst, wirst du nicht wieder aufwachen.<< langsam öffnete Helena die Augen wieder. Sie kämpfte gegen die Müdigkeit an. Nein, sie wollte nicht sterben! Sie musste dagegen ankämpfen. Ihr Blick war jetzt klarer und die Gestalt, die da über ihr gebeugt kniete, sah aus wie ihr Bruder. >>Raphael?<<, flüsterte sie und presste die Luft aus ihren Lungen um gleich darauf wieder unter

starken Schmerzen einzuatmen. Sie kniff die Augen dabei zusammen. Sie legte ihre linke Hand an sein Gewand und hielt sich so fest sie konnte an ihm. Raphael umfasste ihre Hand und hielt sie fest. >>Ja, Schwesterchen. Ich bin hier.<< die Tränen, die Helena in die Augen gestiegen waren, rannen ihr nun hemmungslos übers Gesicht. Das Salz ihrer Tränen schmerzte in einer Wunde auf ihrer Wange. Und ihr Bruder hielt stärkend ihre Hand und ließ sie nicht los. Niemals würde er sie wieder loslassen. Nicht, wenn er es verhindern konnte. >>Mir ist schrecklich kalt.<<, sprach Helena und zitterte am ganzen Leib. Es war beinahe so, als würde sie in Eiswasser getaucht. >>Ich weiß, aber es wird besser. Dir wird nichts geschehen, ich verspreche es dir. Es wird dir bald besser gehen.<<

# 4. Alles nur ein Traum

Vorsichtig hob Helena ihren linken Arm, um Raphael wieder zu berühren. Sie musste es tun! Sie wollte sicher sein, dass er wirklich bei ihr war. Sie sah das Blut an ihrer Hand. Raphael ergriff sie auf halbem Weg und drückte sie an seine Wange. Sein Gesicht war wunderbar warm und die Haut seiner Wange so weich. Sie spürte dieses vertraute Gefühl zwischen ihm und ihr und lächelte vorsichtig. >>Ich bin sehr froh, dass du lebst.<<, sagte er leise zu ihr. Helenas Blick ging durch die Runde. Es waren noch drei andere Engel anwesend. Nur nach mehrmaligem Blinzeln schärfte sich ihr Blick soweit, dass sie sie erkennen konnte. Sie erkannte Samuel, Michael und Gabriel. >>Ich sterbe, Raphael. Bitte, lass mich sterben. Gib' mich frei.<< >>Nein, das wirst du nicht. Ich verspreche es dir. Es wird alles wieder gut. Hab' keine Angst. Du musst nur noch ein klein wenig durchhalten. Ich lasse nicht zu, dass du stirbst.<< Helena stöhnte auf. Sie wollte nicht mehr kämpfen. Sie hatte keine Kraft mehr. Sie wollte sie auch gar nicht mehr haben. >>Wo bin ich hier?<<, wollte sie dennoch wissen. Sie konnte sich einfach keinen Reim auf diese merkwürdige Gegend machen und um das gesamte Geschehen um sie herum. >>Du bist im Paradies.<<, antwortete eine andere Stimme. >>Also bin ich wohl doch tot.<<, meinte sie zynisch. Dann riss Helena die Augen auf und sah zu Ben, der rechts neben ihr kniete. Sie begriff, dass er es war, der neben ihr kniete. Er sah erschöpft und mitgenommen aus. Seine Augen lagen tief in den

Höhlen und dunkle Schatten zeichneten sich unter ihnen ab. Jeglicher Glanz war aus ihnen verschwunden und er blickte Helena nur noch matt an. Auch seine Haare glänzten nicht mehr und waren von Staub bedeckt. Überall haftete Blut an ihm. Einer seiner Flügel war in Mitleidenschaft gezogen worden. Es sah aus, als wäre er gebrochen. Ob er sie je wieder benutzen konnte, wusste wohl keiner. Er machte den Anschein, als würde er jeden Augenblick zusammenbrechen. Helena wusste, dass es Bens Stimme gewesen war, die sie zurückgeholt hatte. Sie brauchte ihn nicht danach zu fragen. Ihre innere Stimme sagte ihr, dass er es gewesen war und kein anderer. Mit all ihrer Kraft richtete sie sich auf und umarmte ihn. Sie klammerte sich an ihn, wie an einen rettenden Anker, auch wenn die Schmerzen sie beinahe verrückt werden ließen. >>Ich liebe dich.<<, flüsterte sie ihm mit zitternder Stimme ins Ohr.

Niemand außer ihm sollte es hören. Auch wenn sie unheimlich traurig darüber war, dass er sie in die wirkliche Welt zurückgeholt hatte und somit alle Hoffnungen schwanden, dass Raphael vielleicht doch noch leben könnte, konnte sie Ben nur diese Worte ins Ohr flüstern. Ihr war jetzt klar, wie wichtig er ihr war. Er hatte sie zurückgeholt. Er hatte sie gerettet. Er wollte sie nicht sterben lassen und nun war sie hier, bei ihm und ihrem Bruder. Und sie spürte sehr deutlich, dass sie Angst hatte, Ben wieder zu verlieren. Sie vergaß den peinigenden Schmerz, der ihren gesamten Körper lähmte und fest in seinen Klauen hielt. Ben umarmte sie vorsichtig. Er wusste, dass sie große Schmerzen haben musste und wollte ihr nicht unnötig wehtun. Als er seine Arme um sie legte, konnte Helena einen kleinen Augenblick seine Gedanken sehen und das, was er erlebt hatte in der Zeit, in der sie nicht da gewesen war. Er hatte seine gesamte Energie darauf verwendet, sie zu retten. In diesem einen Moment öffnete sie ihre Gedanken auch für ihn. >>Verlass' mich niemals.<<, hauchte sie Ben dann mit geschlossenen Augen ins Ohr. Sie wusste nicht, ob Ben ihr darauf etwas geantwortet hatte, denn ihre Kräfte ließen sie im Stich und Helena sank zurück auf den Boden. Die Schmerzen raubten ihr die Sinne. Samuel reagierte und nahm sie auf die Arme, um sie in ein Lazarett zu bringen. Ihre Wunden würden dort ordnungsgemäß versorgt werden. Dort kam sie einen kurzen Moment zu sich und konnte ein Gespräch verfolgen, das Samuel mit Raphael führte.

>>Das Glück und der Segen des Herrn waren auf ihrer Seite. Allein Ben ist es zu verdanken, dass sie wieder in dieser Welt ist. Ich kann mir nicht erklären, wie es möglich war, dass sie sich ihre eigene Welt erschaffen und solange aufrechterhalten konnte. Normalerweise betreten Seelen direkt nach dem Tod des Körpers das Paradies. Der Wunsch in ihrem Herzen, zu leben und dieses Leben in Frieden und mit den Menschen zu verbringen, die sie liebt, ließ sie dieses Wunder wohl vollbringen. Normalerweise ist es niemanden möglich, in eine solche Welt einzudringen, die sich eine Seele erbaut um sich zu schützen und zu überleben.<< >>Aber Ben hat es geschafft. Gott sei es Dank. Er hat gut und schnell reagiert.<<, erwiderte Raphael. >>Ja, aber nur, weil er einen ebenso großen Wunsch in seinem Herzen trägt, wie sie.<< >>Welcher sollte das sein?<<

>>Der Wunsch, Helena um jeden Preis zu beschützen.

Er würde alles für sie tun und wenn es bedeuten würde, dass er sein Leben für sie geben müsste. Das müsstest doch selbst du inzwischen gemerkt haben.<< >>Er liebt sie also wirklich so sehr?<< >>Ja. Aber auch wenn Helena jetzt außer Lebensgefahr ist, ist es noch nicht überstanden. Sie wird noch sehr viel Zeit brauchen, bis sie verarbeitet, was geschah. Ich kann mir sehr gut vorstellen, dass es am Anfang zu viel für sie sein wird. Um all diese Dinge also zu bewältigen, braucht sie jemanden an ihrer Seite, der für sie da ist und ihr Kraft gibt. Ich weiß, du bist ihr Bruder, Raphael. Und ich weiß auch, dass du ebenfalls alles dafür tun würdest und wirst, dass sie glücklich ist, aber du bist im Gegensatz zu Ben nicht mehr am Leben. Helena braucht jemanden, der ihr zur Seite stehen kann. Aber in der wirklichen Welt.

Du gehörst leider nicht mehr zu ihrer Welt auf der Erde. Du bist jetzt einer von uns. Ich bitte dich also, einen gewissen Abstand zu ihr zu wahren, auch wenn sie deine Schwester ist. Sie würde nur versuchen einen Weg zu finden, um dich wieder in ihre Welt zurückzuholen. Und wenn sie erkennt, dass das nicht funktioniert, wird sie alles daran setzen, hier zu bleiben. Ich hoffe du verstehst, dass das nicht möglich ist. Und dass du ihr nicht das geben kannst, was sie jetzt braucht.<< >>Ja, natürlich.<< >>Gut. Lass uns gehen. Helena braucht noch sehr viel Ruhe. Ihr Körper ist schwach und mitgenommen vom Kampf mit Chinai. Die Verletzungen, die er ihr beibrachte, sind schwer. Und dass sie in diese Welt zurückgekehrt ist, liegt nur daran, dass Ben ihr seine Lebensenergie übertrug und ihr Wille zu überleben so stark war. Sie muss sich jetzt unbedingt schonen. Und Ben ebenso.<< Raphael nickte und die beiden verließen das Lazarett. Als sie am Eingang waren, sah Helena ihnen hinterher. Jemand wurde ins Lazarett gebracht. Helena schloss die Augen und versuchte zu schlafen. Samuel hatte so viel gesagt, dass ihr der Kopf schmerzte. Sie begriff nicht, was das alles zu bedeuten hatte. Vermutlich war es im Moment auch besser, dass nicht zu wissen. Ehe sie sich versah, versank sie wieder in der Dunkelheit und einem traumlosen Schlaf.

Nach vier langen Tagen, die sie die meiste Zeit schlafend zugebracht hatte, war Helena am Abend des fünften Tages zum ersten Mal wieder richtig bei Sinnen. So dass sie merkte, wo sie war und was um sie herum geschah. Helena fühlte eine schreckliche Leere in ihrem Herzen. Das Leben und die Welt, die sie eine kurze Zeit erleben durfte, waren wunderbar gewesen. Sie hatte sich in dieser Welt wohl gefühlt, auch wenn sie nicht verstanden hatte, warum ihre Adoptiveltern in dieser auch aufgetaucht waren. Sie gehörten wohl irgendwie dazu, so sehr sie das auch missbilligte. Seufzend drehte sich Helena auf die Seite und sah zum Ausgang. Sonnenstrahlen fluteten durch den Eingang hinein. Ein paar Leute gingen draußen umher. Das Stimmengewirr war nur sehr leise. Hin und wieder klirrte eine Waffe. Es höre sich an, als würden die Waffen beiseite geschafft werden. Der Kampf war wohl endgültig vorbei. Neben ihr lag jemand auf einem Feldbett. Nach näherem Hinsehen erkannte sie Ben. Er war verletzt und schien tief und fest zu schlafen. Er trug einen Verband am Kopf und auch der Arm, der ihr zugewandt war, war verbunden. Blitzartig sah sie vor ihrem geistigen Auge, was geschehen war. Ben und die anderen Erzengel hatten gemeinsam die Grenze verteidigt und den Bann errichtet, der Chinai daran hindern sollte, mit seinen Gefallenen im himmlischen Reich einzufallen und die Engel zu stürzen.

Irgendwie musste Raphael es geschafft haben, sie aus Chinais Reich zu bringen und Ben rettete ihr schließlich das Leben. Er war hinterher zusammengebrochen, aber das hatte sie nicht mehr bemerkt. Sie erinnerte sich daran, dass sie, bevor sie zusammengebrochen war, durch die Berührung mit Ben ebenfalls solche Bilder gesehen hatte. Sie waren entsetzlich gewesen. Helena wollte sie loswerden, aber sie verschwanden nicht. Und ihr wurde bewusst, dass dieser Krieg sehr viele Opfer gefordert hatte. Nicht nur Engel und Gefallene, sondern auch Menschen mussten gestorben sein. Besonders Menschen mit außergewöhnlichen Fähigkeiten, die von der Regierung missbraucht worden waren als lebende Schutzschilde. Diese Erkenntnis brachte Helena zur Verzweiflung. Sie hatte wohl nichts ausrichten können. All ihre Bemühungen waren umsonst gewesen. Ihr Bruder war umsonst für sie gestorben. >>Warum?<<, schluchzte sie leise in ihr Kissen. Sie hätte so gern eine Antwort darauf gehabt, doch es war niemand hier, der sie ihr hätte geben können. Ben stöhnte neben ihr auf. Erschrocken sah Helena zu ihm herüber. >>Ich wollte deine Welt nicht zerstören.<<, hörte sie ihn sagen. Sie sah ihn an und Ben sprach mit geschlossenen Augen weiter. Seine Stimme war rau und heißer. >>Ich hatte Angst um dich, Helena. Ich dachte du stirbst.<<, flüsterte er. >>Ich wollte dich nicht verlieren. Darum versuchte ich, dich mit aller Macht zu retten und in dieser Welt halten. Ich wollte nicht, dass du mich hier allein zurücklässt.<< Helena richtete sich auf.

>>Was du getan hast, war richtig.<<, war alles, was sie sagen konnte und wischte sich die Tränen weg. >>Aber du leidest – und das wollte ich um jeden Preis vermeiden. Ich möchte doch nur, dass du glücklich wirst, Helena.<< Helena seufzte und wischte ihre Tränen fort. >>Ich darf wohl nicht auf die Art glücklich werden, die ich mir ersehne. Außerdem sind meine jetzigen Gefühle nicht der Grund für die Tatsache, dass du mir das Leben gerettet hast.<<, meinte sie dann. Ben schlug jetzt seine Augen auf und drehte sich zu ihr. >>Nein? Warum bist du dann so verzweifelt?<< >>Ich bin verzweifelt und traurig darüber, dass ich nichts erreichen konnte. Mein Handeln hat nicht verhindern können, dass die Menschen großes Leid erfahren mussten. Und auch die Engel, hier im Paradies, mussten leiden. Es mussten viele sterben und das wollte ich verhindern.<< >>Was du getan hast, war sehr mutig, Helena. Du hast sehr Vielen das Leben gerettet. Und ich bin mir sicher, dass es Menschen gibt, die überlebt haben. Durch das Opfer, das du gebracht hast, war es den himmlischen Heerscharen möglich, Chinai zu versiegeln. Nun können wir eine neue Welt aufbauen. Aber Opfer gibt es leider in jedem Kampf, das kannst du nicht verhindern.<< >>Warum hast du mich eigentlich aus dieser Welt gerissen, Ben? Ich war glücklich in diesem Leben.<< >>Ja, das kann ich mir vorstellen, aber ich hatte Angst um dich. Ich wollte dich nicht verlieren. Ich wollte nicht, dass du stirbst, wenn die Möglichkeit besteht, dass du leben kannst. Das mag sich vielleicht merkwürdig anhören, aber ich wollte unbedingt, dass du bei mir bleibst und wir gemeinsam ein neues Leben beginnen. Vielleicht war dieser Wunsch zu egoistisch von mir. Wenn ja, dann tut es mir sehr leid.<<

>>Die Wünsche des Herzens sind niemals egoistisch. Nicht, solange man sie nicht bereut, wenn man sie sich erfüllt hat.<<, meinte Helena mit einer tiefen Trauer in ihrer Stimme. >>Du klingst so traurig, Helena. Ich würde diese Traurigkeit gern von dir nehmen. Allerdings glaube ich, dass ich dazu im Moment nicht in der Lage bin.<< vorsichtig stand Ben auf und setzte sich auf Helenas Feldbett. Liebevoll strich er ihr eine Haarsträhne aus dem Gesicht und sie rollte sich wieder auf den Rücken, um besser atmen zu können. >>Es tut mir so weh, dass ich Raphael nicht retten konnte. Ich weiß, dass ich es nicht konnte, denn sonst hätte Samuel ihm nicht verboten, sich mir zu nähern. Es war alles nur ein Traum. Ich werde Raphael nie wieder sehen. Wie töricht es von mir war zu glauben, ich könnte das Schicksal verändern oder gar belügen. Man kann es nicht beeinflussen, dass ist mir klar geworden. Es ist egal, wie sehr man sich das auch wünscht. Es ist nicht möglich, Einfluss auf das Schicksal zu nehmen.<< Helena weinte und je mehr sie sich die Tränen wegwischte, desto heftiger weinte sie. >>Du wirst an deinem Kummer zerbrechen, Helena, wenn du nicht zulässt, dass er dir von anderen genommen wird.<< vorsichtig und liebevoll strich Ben Helenas Tränen aus ihrem Gesicht. >>Es ist vielleicht meine Bestimmung.<< >>Nein, das ist es nicht. Das kann es nicht sein. Du bist es nur nicht gewohnt, andere Menschen so nah an dich heran zu lassen. Du brauchst noch Zeit dafür. Es wird dich vielleicht nicht sehr trösten, wenn ich das sage, aber ich würde gern bei dir sein, um dir beizustehen. Ich kann nur erahnen, wie es dir jetzt geht. Denn ich durchlebe nicht das, was du erleiden musst. Trotzdem will ich versuchen, für dich da zu

sein. Lass mich dir helfen, diese Trauer zu überwinden, Helena. Ich möchte dir so gern zeigen, dass es mir ernst damit ist.<< >>Warum bist du auf einmal so melancholisch? Das bin ich gar nicht von dir gewohnt. Du tust doch sonst immer so stark und markierst den Helden.<< Helena versuchte zu lächeln, aber es gelang ihr nicht so recht. Ihr ganzer Körper fühlte sich an wie Blei und ihr Tränenfluss war noch nicht versiegt. >>Vergiss nicht, dass ich zur Hälfte ein Engel bin. Wie du besitze auch *ich* die Kraft, meine Gestalt zu wandeln. Engel hatten schon immer eine sehr gefühlvolle Seite. Sie scheint gerade mal wieder hervorzutreten. Sei nachsichtig mit mir.<<, meinte er mit sanfter, tiefer Stimme. Helena schwieg einen Moment, bevor sie antwortete: >>Ich danke dir.<< sie versuchte sich aufzurichten und umarmte Ben dann. >>Für alles.<< vorsichtig legte er seine Arme um sie. Er wollte ihr nicht wehtun. Das hatte er schon so oft getan, er wollte ihr endlich zeigen, dass es auch anders ging. >>Du wirst bald wieder bei Kräften sein, Helena. Ich wünsche mir für dich, dass du wieder glücklich werden kannst – irgendwann. Es ist so viel geschehen und es wird nicht leicht werden, ein neues Leben zu beginnen. Ich weiß, du hast alles verloren, was dir etwas bedeutete. Ich würde mich sehr darüber freuen, wenn ich bei dir sein darf, wenn du in ein besseres Leben startest. Gemeinsam könnten wir viel erreichen.<< >>Ich durfte auch etwas dazu gewinnen neben den vielen Verlusten. Und das ist doch auch etwas wert. Wir werden ein neues Leben anfangen *müssen*. Auf Dauer werden wir hier oben nicht bleiben können.<< >>Ja, das werden wir wohl. Aber solange wir hier sind müssen wir uns darüber noch keine Gedanken machen. Und wenn wir wieder in unserer alten Heimat leben, wird alles anders werden. Und ich bin mir sicher, dass dein Bruder immer in deinen Gedanken sein wird. Ich weiß, dass du dir von ganzem Herzen wünschst, ihn wieder an deiner Seite zu wissen. Ich kann dir leider nicht die Hoffnung geben, dass es so sein wird. Aber ich kann dir versprechen, dass *ich* an deiner Seite sein werde. Egal, was geschieht. Ich werde bei dir sein und dich unterstützen.<<

>>Versprich' mir nur eines. Setze dein Leben nicht noch einmal so leichtfertig aufs Spiel. Ich möchte nicht, dass du dich für mich opferst. Alles, was ich mir je erbaut habe, ist zerstört worden. Es ist mir gleich, ob ich lebe oder sterbe. Aber ich möchte nicht noch einmal erleben, dass alles um mich herum einstürzt, wie ein Kartenhaus. Bitte versprich mir das, Ben. Opfere dich nicht für mich. Du *musst* leben.<< >>Das kann ich dir nicht versprechen, Helena. In all der Zeit bist du mir unheimlich wichtig geworden. Wie könnte ich dabei zusehen, wenn du leidest? Wie könnte ich jemals zulassen, dass man dir Leid zufügt? Das kann ich nicht. Du bist der wichtigste Mensch in meinem Leben. Verlang' das bitte nicht von mir.<< >>Du Dummkopf weißt doch gar nicht, was du redest. Wenn du nicht um deinetwillen leben willst, dann tue es mir zu liebe. Es mussten schon zu viele sterben. Ich möchte dich nicht auch noch verlieren.<< Helena löste sich von Ben und sah ihn an. >>Nein, da hast du vielleicht sogar recht. Ich weiß, dass du mich für verrückt hältst. Aber ich möchte nicht, dass dir etwas zustößt. Deine Aufgabe ist noch nicht erfüllt, Helena. Das Einzige was ich will ist, dich leben zu sehen. Und du wirst mich nicht verlieren. Ich werde immer nur so unvernünftig sein, wie du es bist.<<

»Erst, wenn ich aus diesem ganzen Alptraum aufwache, werde ich wieder richtig leben.« Ben stand auf und hielt sich den Bauch. »Dieser Alptraum ist schon lange vorbei, Helena. Du hast es nur noch nicht gemerkt. Dein Alptraum wandelt sich in diesem Moment in einen Traum von Frieden und einem Neuanfang. Du musst nur richtig hinsehen. Das war es, was du wolltest und das hast du geschafft. Verschließ dich jetzt nicht davor.«, meinte er nur. Wankend ging er davon und verließ das Lazarett. Wo es ging, stützte er sich und hielt sich fest. Helena sah ihm gedankenlos hinterher, um sich dann wieder hinzulegen und zu schlafen. Doch der Schlaf wollte nicht über sie kommen und so wälzte sie sich unter starken Schmerzen von einer Seite auf die andere. Nur weil sie diesen Schmerz spürte wusste sie, dass sie wirklich am Leben war. Und allein diese Tatsache schlug ihr aufs Gemüt. Sie ertrug das nicht. Raphael war ihr Ein und Alles. Dieses eine Jahr ohne ihn war schon die Hölle für sie gewesen. Wie sollte erst ihr restliches Leben verlaufen? Nachdem er gestorben war, war alles nur noch schlimmer geworden. Wenn Ben nun auch noch sterben würde, könnte sie das nicht mehr ertragen. All diejenigen, die sie in ihrem Leben jemals geliebt hatte, waren umgekommen. Sie wollte und musste verhindern, dass Ben dasselbe Schicksal erlitt. Das verdiente er einfach nicht.

Helena hielt es schließlich im Lazarett nicht mehr aus. Sie setzte sich auf die Kante ihres Feldbettes und hielt sich den Bauch. Ihre Wunde schmerzte und der Verband spannte. Helena atmete tief ein und stand dann auf. Ihre Beine zitterten heftig und ihr wurde einen Moment schwarz vor Augen. Ungewollt sank sie auf die Knie und sie spürte, wie ihr Herz raste und ihr der kalte Schweiß ausbrach. Nach einem Augenblick konnte sie wieder klar sehen und stand erneut auf. Allerdings waren ihre Beine immer noch so schwach, dass sie zitterten und Helena nicht sicher wusste, ob ihre Beine sie bis zum Eingang des Lazaretts tragen würden. Das Licht am Eingang blendete sie für einen Augenblick und sie hielt sich mit der linken Hand an der zurückgeschlagenen Zeltplane fest. Der Wind war frisch und Helena bekam Gänsehaut. Als sich ihre Augen an die Helligkeit gewöhnt hatten, sah sie sich um. Sie waren im Lager, in dem sie sich vor dem großen Kampf aufgehalten hatte. Sie seufzte. Es hatte sich nichts verändert außer, dass die Krieger dabei waren, die Waffen wieder zu verstauen. In einiger Entfernung konnte sie Ben auf einem Hügel sitzen sehen. Er blickte nachdenklich in die Ferne. Helena überlegte einen Moment, ob sie zu ihm gehen sollte oder nicht, aber sie wurde abgelenkt von einem Gespräch. >>Die beiden müssen so schnell wie möglich zurück in ihre Heimat.<<, hörte sie Samuel sagen. >>Ihre Seelen wurden bereits zu sehr in Mitleidenschaft gezogen. Ihre Körper sind inzwischen so stark geschwächt, dass sie einen weiteren Kampf niemals überleben würden und sei er noch so kurz. Ihre Seelen werden diesen Bedingungen hier oben nicht mehr lange standhalten können. Sie werden sich zersetzen, wenn sie nicht bald wieder auf die Erde gebracht werden.<< >>Aber wenn wir sie jetzt zurückschicken, kommen sie in einer völlig zerstörten Welt an. Wo sollten sie hin? Ihnen ist nichts geblieben. Willst du sie in eine Welt zurückschicken, in der es für sie keine Zukunft mehr gibt?<<, hörte sie Raphael fragen. Helena wollte zu den beiden gehen, aber dann blieb sie doch am Eingang stehen, um den Rest des Gespräches zu hören.

>>Ich weiß, genau das ist das Problem. Die beiden werden nur Chaos und Zerstörung erwarten. Andererseits wird uns nichts anderes übrig bleiben. Es gibt auch Überlebende auf der Erde. Helena und Ben werden also nicht die Einzigen sein. Sie können sich alle gemeinsam wieder eine neue Heimat errichten. Das Einzige, was sie dafür tun müssen ist, zusammenzuarbeiten. Und irgendjemand wird die Führung übernehmen müssen, um alles zu koordinieren. Es wäre am logischsten, wenn Ben und Helena das übernehmen würden.<< >>Was ist mit Helenas Heim? Was ist mit unseren Adoptiveltern? Kann sie nicht zu denen zurück?<< >>Nein, ich fürchte kaum. Ich habe keine Informationen über deren Verbleib. Ich gehe aber davon aus, dass sie nicht überlebt haben. Es gibt keinen sicheren Zufluchtsort mehr auf der Erde, Raphael. So sehr du auch danach suchst, du wirst ihn nicht finden. Du musst einsehen, dass Helena sich ein neues Heim errichten muss. Sie ist inzwischen zu einer starken jungen Frau herangewachsen, dass sollte dir nicht entgangen sein. Trau ihr einfach zu, dass sie das schafft. Mit dir an ihrer Seite wird sie das ganz sicher schaffen. Du musst es ihr nur zutrauen.<<

>>Das fällt mir nicht leicht, Samuel. Ich bin ihr großer Bruder. Ich war immer für sie da. Ich habe sie immer beschützt, weil sie schon immer sehr zart besaitet war. Das alles wird sehr schwierig für sie werden, das weiß ich. Sie hat in letzter Zeit so viel durchgemacht, dass ich ihr das alles am liebsten ersparen würde. Aber wie es aussieht, werde ich das wohl nicht können. Lass mich wenigstens noch ein Mal mit ihr

reden, Samuel. Ich will sie wenigstens auf das vorbereiten, was sie erwarten wird.<< >>Meinst du wirklich, es wäre so klug, sie noch ein Mal zu treffen? Ihre Seele wird zerbersten, wenn sie dich sieht.<< >>Ich bin ihr Bruder. Ich weiß, wie es ihr jetzt geht. Und ich weiß, dass es besser ist, wenn wir noch einmal miteinander reden, bevor sie zurückgeht. Immerhin hat sie dann nur noch Ben als Stütze. Dieses neue Leben wird ihr ohne mich leichter fallen, wenn sie sich richtig von mir verabschieden kann und sie weiß, dass ich hier oben auf sie warte und über sie wachen werde.<< >>Da magst du vielleicht sogar richtig liegen.<< >>Also gewährst du mir ein Treffen mit ihr?!<< >>Ich kann es dir wohl nicht verweigern. Wie du schon sagtest; immerhin bist du ihr Bruder. Du wirst sicher am Besten wissen, wie es deiner Schwester geht und was sie braucht.<< >>Sie wird jedenfalls eher auf mich hören, als auf dich oder jemand anderen.<< >>Da muss ich dir leider Recht geben. Ich lege ihr Schicksal und ihre Seele in deine Hände. Ich hoffe nur für dich, dass du es nicht verspielst. Anderenfalls werde ich dich persönlich ins Fegefeuer geleiten.<< >>Tu, was du nicht lassen kannst, Samuel.<< Helena beschloss, zu den beiden rüber zu gehen. Sie hatte genug gehört. Erschrocken sahen die beiden Engel sie an. >>Gebt euch keine Mühe. Ich werde nicht zurückgehen.<< sie hakte sich bei ihrem Bruder unter. >>Ich bleibe hier.<<, meinte sie mit fester, entschlossener Stimme.

>>Helena, das ist nicht möglich und das weißt du auch.<<, wandte Samuel ein. >>Deine Seele wird daran zu Grunde gehen.<< >>Dann soll es so sein. Du besitzt nicht das Recht, mir Vorschriften zu machen, Samuel, auch wenn du mein Schutzengel bist. Ich habe meinen

eigenen Kopf. Ich bleibe hier, das ist meine endgültige Entscheidung.<< >>Ich halte das für keine gute Idee.<< >>Es ist meine Sache.<<, redete sie dazwischen.

>>Helena, lass uns ein Stück zusammen gehen. Ich glaube, ich muss dir etwas erklären.<<, meinte Raphael schnell und ging mit ihr ein Stück von Samuel weg. Er legte einen Arm um sie und gab ihr somit keine Gelegenheit, zu Samuel zurückzukehren. Ein Streit zwischen ihr und ihrem Schutzengel war das Letzte, was sie jetzt gebrauchen konnten. Nach einer Weile kamen sie am Waldrand an. Dort blieb er stehen und sah seine Schwester an. >>Helena, du kannst nicht hier bleiben. Samuel hat Recht. Du musst zurück in deine Heimat.<< >>Welche Heimat? Du weißt doch ganz genau, dass alles zerstört wurde. Du hast es selbst gesagt. Hier oben sind all diejenigen, die mir etwas bedeuten.<< >>Ich weiß, Helena, aber du musst trotzdem zurück.<< >>Warum willst du das?<<

>>Das Leben hier oben ist anders beschaffen, als das auf der Erde. Dieser Ort hier wurde erschaffen, damit die Seelen der Toten einen Ort vorfinden, an den sie gehen und leben können. Menschen haben hier nichts zu suchen. Ein schlagendes Herz wird früher oder später zu Grunde gehen, wenn es nicht in seine Welt zurückkehrt. Ich liebe dich über alles, Helena. Du bist meine kleine Schwester. Ich habe immer versucht, dich zu beschützen. Und genau das versuche ich auch jetzt. Ich kann und will dich nicht leiden sehen. Also tu mir bitte diesen Gefallen. Dass ich hier oben bin, darfst du nicht ins Gewicht fallen lassen.<< >>Ich will aber hier bleiben! Was soll ich in einer zerstörten Stadt, wo niemand mehr lebt?<< >>Helena, versuch' mich doch zu verstehen. Du wirst sterben,

wenn du hier bleibst. Deine Seele wird zerbrechen und dann wird es nie wieder die Möglichkeit für dich geben, dass wir uns wieder sehen. Das möchte ich nicht für dich. Selbst wenn du zurück zur Erde gehst, bist du doch nicht allein. Du weißt ganz genau, dass ich immer über dich wachen werde. Ich habe dich schon immer beschützt, das weißt du doch. Dass ich sterben musste war Teil dieses Plans. Es war mein Schicksal. Das wusste ich schon, als ich noch klein war und du noch gar nicht geboren warst. Meine Zeit auf der Erde war vorüber und nur knapp berechnet. Und gerade du solltest doch wissen, dass man das Schicksal nicht austricksen kann. Dein Körper ist für das Leben hier im Paradies nicht geschaffen. Du bist nun mal am Leben, Helena! Du *musst* leben! Auf der Erde erwarten dich noch große Aufgaben. Ohne dich kann es dort nicht funktionieren. Also hör auf, Unsinn zu reden und tu, was ich sage. Ich bin dein großer Bruder. Ich werde auf jeden Fall dafür sorgen, dass dir kein Unheil widerfährt und du zurückkehrst. Das ist meine Pflicht.<<
>>Nein!<<, schrie sie ihn an.

>>Ich gehe auf keinen Fall zurück. Ich habe dich gerade erst wieder gefunden! Du kannst nicht von mir verlangen, dass alles hier aufzugeben! Gerade jetzt, wo der Krieg vorbei ist und wir die Gelegenheit bekommen, Zeit miteinander zu verbringen.<< plötzlich krümmte sich Helena zusammen. Sie hatte den Satz noch nicht richtig zu Ende gebracht. Ihr Bauch schmerzte furchtbar und ihre Beine zitterten wieder stark. Sie war für diese Auseinandersetzung einfach noch nicht kräftig genug und erhielt nun die Rechnung für ihr gedankenloses Verhalten. Raphael griff sie an den Armen, damit sie nicht stürzte. >>Siehst du

jetzt endlich ein, dass du hier nicht bleiben kannst? Du wirst hier nicht lange überleben. Was hast du davon, dass wir zusammen sind, wenn du nach einer kurzen Zeit zum Sterben verurteilt bist?<< >>Es ist meine freie Entscheidung. Und bisher habe ich das Leben hier sehr gut verkraftet. Es sind nur die Wunden. Ich muss mich noch eine Weile ausruhen, dann wird es sicher besser gehen.<< >>Ich möchte nicht, dass du hier bleibst, Helena. Du und Ben werdet gemeinsam in eure Heimatstadt zurückkehren, sobald es euch besser geht und ihr dazu in der Lage seit.<< >>Nein!<< sie funkelte ihren großen Bruder mit zornig blitzenden Augen an, dann übermannte sie der Schmerz und Helena brach zusammen. Nach einem kurzen Augenblick, in dem sie der Ohnmacht nahe war, kam sie wieder zu sich. Das Gras unter ihren Händen war feucht. Sie krampfte die Finger zusammen. Kalter Schweiß stand auf ihrer Stirn und sie atmete schwer. Für einen Moment sah sie nur bunte Punkte vor ihren Augen tanzen und ihr war schlecht. >>Begreifst du jetzt endlich, dass es dir nur schadet, wenn du noch länger hier bleibst?! Es ist nicht so, dass wir uns aus den Augen verlieren! Ich möchte dich auch nicht loswerden, falls du das denken solltest. Ich werde immer in deiner Nähe sein und auf dich aufpassen. Das verspreche ich dir. Das habe ich schon immer getan und so wird es auch bleiben. Warum sollte ich dich jetzt alleine lassen? Ich verstehe nicht, warum du so viel Angst davor hast, allein gelassen zu werden.<< wütend raffte sich Helena auf und funkelte ihren Bruder an. Ihre Beine zitterten noch immer und sie schwankte. Einen Moment lang drehte sich alles und sie verengte die Augen zu Schlitzen, um ihren Bruder zu fixieren.

>>Weil sich niemand darum gekümmert hat, wie es mir nach deinem Tod ging! Weil sie sich alle nur um sich gesorgt haben! Weil sie mich in eine Schule geschickt haben, in die ich nie gehen wollte, mit Kräften, mit denen ich noch nie etwas anfangen konnte und die ich auch gar nicht haben wollte! Weil es niemanden kümmerte, ob ich noch am Leben war oder sterbe! Die Menschen in meiner Umgebung behandeln mich seit deinem Tod wie eine Aussätzige! Sie denken, dass ich dich auf dem Gewissen habe! Weil ich mit ansehen musste, wie du in meinen Armen gestorben bist! Alle haben nur zugesehen! Niemand kam auf die Idee, einen Rettungswagen zu rufen! Wenn sie nicht alle nur gegafft hätten, dann wärst du jetzt vielleicht noch am Leben! Wenn ich besser aufgepasst hätte, dann wäre es erst gar nicht soweit gekommen! Dann würdest du jetzt noch leben und es wäre alles viel einfacher und vor allem anders!<< >>Das ist doch Schwachsinn, Helena und das weißt du auch. Es war von Anfang an mein Schicksal, mein Leben für dich zu geben. So stand es in den Schriften geschrieben. Nur wurden sie von den anderen falsch gedeutet. Hätten sie zwischen den Zeilen gelesen, hätten sie erkannt, dass nicht *ich* als Retter gemeint war, sondern *du*. Und dass ich derjenige war, der sein Leben geben würde, um deines zu retten. Ich habe meine Aufgabe auf der Erde erfüllt, Helena. Nun bist du an der Reihe, deines sinnvoll einzusetzen und Gutes damit zu bewirken. Es ist gut so. Bitte hör auf, um mich zu trauern. Lerne endlich, die Dinge zu akzeptieren, wie sie sind. Ich mag nicht mehr unter den Lebenden weilen, aber dafür kann ich nun von hier oben auf dich aufpassen. Das ist eine sehr bedeutende, und wenn ich

ehrlich sein soll, auch anstrengende, Aufgabe. Denn es scheint mir beinahe so, als würdest du das Unheil förmlich suchen. Oder es zieht dich an. Eins von beiden wird es sicher sein. Und ich freue mich auf den Tag, an dem du hierher gelangst und wir wieder zusammen sein werden. Dann werden wir auch unsere richtigen Eltern wieder sehen. Glaub' mir. Und bis dahin genieße dein Leben und lebe es. Es gibt so viel zu tun und du willst die Zeit, die dir bleibt, verschwenden, weil du nicht loslassen kannst.<< Raphaels sanfte Stimme beruhigte Helena allmählich wieder. >>Ich verspreche dir, Helena, dass die Zeit sehr schnell vergehen wird, bis wir wieder zusammen sein werden. Viel schneller, als du es vielleicht im Moment glauben magst. Und ich verspreche dir auch, dass wir unsere Eltern wieder sehen werden. Du musst keine Angst davor haben, allein zu sein, denn du bist es nicht. Du warst es nie und wirst es auch niemals sein. Es gibt viele Menschen in deinem Umfeld, die auf dich zählen. Nach dem Krieg noch mehr, als je zuvor.<< >>Du lügst mich nur an, weil du willst, dass ich verschwinde.<< Raphael lächelte.

>>Du hast recht. Ich möchte wirklich, dass du gehst. Du hast absolut recht, Schwesterchen. Aber auch nur, weil ich will, das du lebst und deine Aufgabe erfüllen kannst. All die Opfer sollen doch nicht umsonst gewesen sein oder? Ich bin dir unheimlich dankbar, dass du mich gerettet hast, Helena. Wenn du nicht gekommen wärst, hätte Chinai mich getötet oder auf seine Seite gezogen und somit zu seiner Marionette gemacht. Weil ich einer der bedeutenderen Engel hier oben bin, wäre das sehr tragisch für das himmlische Reich ausgegangen. Die Macht eines Engels richtet

sich nach dessen Status und umso mehr Macht würde Chinai natürlich auch erhalten, wenn er uns zu seinen Sklaven macht. Schon, weil du dein Leben dafür riskiert hast mich zu finden, werde ich bis zum Tag unseres Wiedersehens auf dich aufpassen und bei dir sein – zusammen mit Samuel. Also komm. Tu mir den Gefallen und geh' mit Ben zurück. Ihr seit in eurer Welt viel besser aufgehoben, als ihr es hier je sein könntet.<< >>Ich weiß ehrlich gesagt nicht, was ich dort soll.<< Helena setzte sich ins Gras. Sie konnte nicht länger stehen. Ihre Beine zitterten noch immer heftig. Ihr Kopf war vollkommen leer. Sie wusste nicht mehr, was sie denken oder tun sollte. Sie wollte bei ihrem Bruder bleiben, aber die Vernunftstimme in ihrem Inneren sagte, dass es besser sein würde, wieder auf die Erde zurück zu kehren. Hier konnte sie nichts ausrichten. Die Menschen dagegen brauchten jemanden, der sie anleitete und ihnen Halt gab. Und wenn gerade sie das war? Wenn das ihre Aufgabe war, dann würde sie ihr nachkommen müssen, denn sonst würde noch größeres Unheil geschehen.

>>Ben riskierte in diesem Kampf sehr viel für dich, Helena. Wusstest du das?<< >>Ich ahnte es. Ich sah nach meinem Aufwachen merkwürdige Bilder. Ich glaube, sie kamen von ihm.<< >>Du hast gesehen, was geschah, nachdem du in Chinais Reich verschwunden warst um mich zu suchen beziehungsweise Chinai in die Richtung des Bannkreises zu locken. Ben und Samuel verteidigten, zusammen mit den anderen, die Grenze. Es gab sehr viele Verluste; für beide Seiten. Trotzdem gaben sie nicht auf. Und weißt du warum? Weil sie an dich glaubten. Und weil sie die Hoffnung nicht aufgaben, dass du vielleicht doch überleben und

zu ihnen zurückkehren könntest. Das gab ihnen die Kraft, durchzuhalten und die Gefallenen in die Flucht zu schlagen. Auch Ben hat sich tapfer geschlagen und Samuel zur Seite gestanden. So, wie du es von ihm verlangt hast. Obwohl er Angst um dich hatte und dir gern nachgegangen wäre, ist er bei Samuel und den anderen Engeln geblieben und kämpfte. Das solltest du ihm nicht verdenken. Er wäre für dich gestorben, wenn es notwendig gewesen wäre.<< >>Das alles weiß ich. Das brauchst du mir nicht zu sagen oder versuchen, mir ein schlechtes Gewissen damit zu machen.<< >>Ich wollte dich nur daran erinnern, falls du es einmal vergessen solltest. Er wird dich sein Leben lang beschützen und für dich da sein. Egal, was geschehen sollte – er wird sein Leben für dich riskieren und es aufgeben, wenn es notwendig ist, um deines zu retten. Er liebt dich über alles, das solltest du dir bewusst machen. Und vor allem musst du das akzeptieren und annehmen. Es ist ein wundervolles Gefühl, von einem anderen Menschen geliebt zu werden. Aber erst, wenn du das annehmen kannst wirst du auch in der Lage sein, ihn genauso zu lieben. Und dann wirst du auch verstehen, wie es ihm geht.<< Helena konnte nichts mehr dazu sagen. Sie wusste, dass Ben sie liebte und sie mochte ihn auch sehr. Aber bis jetzt waren ihr immer alle Menschen genommen worden, die ihr etwas bedeuteten. Erst ihre richtigen Eltern, dann Raphael und dann ihre Freundin. Wie viele Menschen würden sie wohl noch verlassen, bevor das alles endlich ein Ende fand? Wie konnte sie zulassen, dass Ben sie liebte, wenn ihm doch vermutlich irgendwann sowieso etwas widerfahren würde? Wie konnte sie das zulassen? Sie musste das doch verhindern oder?!

»Ich will nicht, dass er sein Leben für mich riskiert. Das bin ich nicht wert.«, meinte sie nur leise, um sich von ihren Gedanken abzulenken. Raphael setzte sich zu seiner kleinen Schwester und sah sie mitfühlend an. Er atmete tief durch und blickte über die Hügel in die Ferne. Ein paar Vögel zwitscherten und ein leichter Wind bewegte die Baumkronen der umliegenden Wälder. Es war eine sehr friedvolle Stimmung. »Ich weiß, wie du dich jetzt fühlen musst. Du willst ihn nicht verlieren und das kann ich sehr gut nachvollziehen. Euch zwei hat das Schicksal zusammengeführt und wenn es das Schicksal will, dann werdet ihr auch zusammen bleiben. Aber das könnt *ihr* nicht entscheiden. Und wenn er sein Leben für dich riskieren will, dann wirst du das wohl auch nicht ändern können. Im Übrigen glaube ich sogar, dass du genauso denkst wie er. Wenn es darauf ankommt, würdest du dein Leben sicher auch für ihn opfern.« »Ich will es trotzdem nicht.« »Helena. Du kannst nicht verhindern, dass du von anderen geliebt wirst. Und solange es solche Menschen in deiner Umgebung gibt, wirst du nicht allein sein. Warum versuchst du nicht, es für dich anzunehmen? Ich weiß, dass du nicht alleine sein willst. Du wehrst nur alle ab, weil du Angst hast, verletzt zu werden oder sie zu verletzen oder diese Menschen gar zu verlieren. Das gehört zum Mensch sein dazu, Helena, das ist nun mal so. Es ist nicht immer nur alles eitel Sonnenschein. Manchmal gibt es auch schlechte Tage, an denen man Erfahrungen macht, die man lieber vergessen würde. Diese Erfahrungen gehören aber genauso zum Mensch sein dazu wie alles andere.«

»Du musst mir keine ellenlange Predigt halten,

Raphael. Das alles weiß ich selber. Mir gefällt es hier trotzdem besser. Es ist schöner, als es auf der Erde je sein wird. Nach dem Kampf werden die Städte sicher zerstört sein. Wie sollte ich das anstellen, dass es wieder besser wird?<< >>Dann hilf zusammen mit den anderen Überlebenden, die Erde zu einem besseren Planeten zu machen. Nur ihr könnt das erreichen. Wenn ihr nicht versucht, etwas zu verändern, wer soll es dann tun? Mit der Zeit wird sich der Hass wieder in die Herzen der Menschen fressen und dann wird es wieder Menschen geben, die sich an die Spitze setzen und über andere bestimmen wollen. Dann werdet ihr nichts mehr ausrichten können. Die Zeit, um etwas tu zu können ist jetzt und nicht später. Du musst dich aufraffen und diese Aufgabe annehmen. Du bist diejenige, die etwas für die Menschen tun kann. Du weißt, wie der Kampf hier oben ablief und kannst ihnen die Geschichten erzählen, wie Himmelreich und Erde miteinander verbunden sind. Trage diese Legenden und Geschichten weiter und sorge dafür, dass sie nicht wieder vergessen werden. Denn, wenn das geschieht, dann wird uns wieder ein solcher Krieg bevorstehen. Das Schlechte kann nur dann die Oberhand gewinnen, wenn die Menschen Angst, Hass und Zweifel in ihre Herzen und Gedanken lassen. Verhindere das. Sorge dafür, dass so etwas nicht wieder geschieht. Und sorge gemeinsam mit Ben dafür. Er wird dir dabei helfen.<< Helena blickte zu Boden.

Helena verspürte keine Lust mehr für etwas zu kämpfen, egal, was es war. Sie war es leid und wollte nur noch ihre Ruhe haben. >>Ich weiß, was du jetzt denkst, Schwesterherz. Gib nicht auf. Irgendwann ist die Zeit des Kämpfens vorbei und dann kannst du in Frieden leben. So, wie du es dir wünschst und vorstellst. Bis dahin musst du aber deiner Aufgabe nachkommen. Ich bin sicher, du wirst das nach bestem Wissen und Gewissen tun.<< >>Ich habe schon zu viel verloren. Ich weiß nicht, ob ich das kann, Ben. Ich halte die Schmerzen nicht mehr aus, die mir mein Körper zufügt. Es ist unerträglich, Bruder. Ich will nicht kämpfen, ich habe Angst davor. Und ich habe Angst, dass die, die ich liebe, leiden müssen und mich verlassen.<< >>Ich weiß.<< liebevoll nahm Raphael seine Schwester in die Arme. Er wusste sehr genau, was in ihr vorging. Nachdem er damals, als er noch klein war, davon erfuhr, dass er für seine kleine Schwester sterben würde, damit sie Großes vollbringen konnte, hatte er große Angst davor. Aber er lernte, mit dieser Angst umzugehen und versuchte hoffnungsvoll in die Zukunft zu blicken. Die Lehren seines buddhistischen Meisters halfen ihm dabei, seine Ängste zu bekämpfen und die Furcht nicht in sein Herz zu lassen.

>>Du musst nicht mehr leiden, Helena. Die Kämpfe in diesem Reich hier sind vorbei. Wir haben das Gleichgewicht zwischen den Kräften wieder hergestellt und das haben wir allein dir zu verdanken. Du hast Gabriel und Michael zu besseren Erzengeln gemacht. Und mir hast du meine Seele wiedergegeben. Trotzdem musst du dein Schicksal akzeptieren. Du musst weiterkämpfen, Helena. Nicht mit Schwert und Gewalt, sondern mit Kopf und Herz. Kämpfe friedvoll für die Menschen. Sie brauchen jetzt jemanden, der ihnen den Weg weist. Du bist genau die Richtige dafür. So schwer es dir auch fallen mag, aber es gibt Viele, die sich auf dich verlassen.<< Raphael nahm Helenas Kopf zwischen seine Hände und sah sie an.

>>Ich bin so stolz auf dich, Schwesterchen, wirklich. Mach weiter. Du besitzt die Kraft, etwas zu verändern. Auch wenn es dir schwer fällt, deine Energie für etwas aufzuwenden, das dir im Moment nicht viel bedeutet. Du musst selbst daran glauben, dann wirst du es auch schaffen. Ich persönlich glaube an dich und an das, was du tust.<< eindringlich sah Raphael seine kleine Schwester an. >>Ich bitte dich darum, Schwesterherz.<< Helena erwiderte nichts. Sie wich Raphaels Blick aus und sah nach unten. Wenn er sie so ansah, konnte sie ihm nichts abschlagen. Liebevoll lächelte er sie an. >>Ich danke dir. Lass uns jetzt zurückgehen. Ben wartet sicher schon auf dich. Vielleicht solltest du dich auch bei ihm entschuldigen oder zumindest mit ihm sprechen. Ich hatte den Eindruck, dass er gekränkt war.<< Helena seufzte und ergriff die Hand ihres Bruders, die er ihr entgegenstreckte, um ihr aufzuhelfen. Stützend legte er einen Arm um ihre Taille und sie gingen langsam zurück. Im Lager herrschte Ruhe. Viele Erzengel bezogen bereits wieder ihre Posten in den einzelnen Gebieten und sorgten für die Einhaltung der Gesetze. Es schien als wäre der Krieg beinahe wieder vergessen. Als hätte es ihn nie gegeben. Nur an Helena war er nicht spurlos vorbeigegangen. Die vielen Bilder des Schreckens – von Verwundeten und Toten – gingen ihr nicht mehr aus dem Kopf und sie hatte Angst, dass sie nun von neuen Alpträumen geplagt werden würde. Es wäre nicht das erste Mal, dass es ihr so ging.

Am Lazarett stand schon Ben und sah den beiden Geschwistern entgegen. Raphael verabschiedete sich von seiner Schwester, indem er sie noch einmal umarmte und ging dann davon. Er sprach kein weiteres Wort, aber sie beide wussten auch, dass dies gar nicht nötig war. Langsam kam Ben auf Helena zu, als Raphael sich entfernte. >>Geht es dir besser?<<, wollte er wissen. Helena nickte nur.

Was sollte sie ihm denn sagen? Es gab nichts zu sagen. Sie verstanden sich auch ohne Worte. Eine Entschuldigung würde nicht nötig sein. >>Ich war vorhin wohl etwas ungerecht zu dir.<<, war alles, was sie erwiderte. >>Nein, ganz und gar nicht. Dass du dich schlecht fühlst, kann ich gut nachvollziehen. Aber vielleicht kann ich dir helfen, das durchzustehen. Wir alle haben schlimme Dinge erlebt und ich weiß, dass es dir schwer fällt, das hinter dir zu lassen. Über deiner Vergangenheit liegt ein Schatten, das konnte ich spüren. Auch wenn ich nicht weiß, was genau vorgefallen ist. Ich will dir helfen, deine Zukunft zu meistern. Vielleicht finden wir einen gemeinsamen Weg, um damit fertig zu werden.<<

>>Das werden wir.<< Helena schwieg einen Moment. >>Raphael meinte, das Schicksal hätte uns zusammengeführt. Dann wird es wohl unsere gemeinsame Aufgabe sein, auf der Erde etwas auf die Beine zu stellen. Sonst wird vermutlich alles im Chaos versinken.<< >>Ja, das Schicksal und die Schriften sind dafür verantwortlich. Verlass dich nur auf mich. Ich werde dir helfen.<< >>Ja richtig, die Schriften. Raphael sagte auch, dass wir zurück in unsere Welt müssen.<< >>Ja, auch damit hat er Recht.<< >>Ich würde gern hier bleiben, Ben, wenn ich ehrlich bin.<< >>Ich weiß, ich auch, aber es geht nicht. Deine Seele wird zerbersten und die Schmerzen in deinem Körper werden dir unerträglich werden, wenn wir noch länger hier bleiben.

Das Paradies ist nicht für uns Menschen gemacht worden um hier zu leben, sondern für unsere Seelen, um ihnen einen sicheren Platz zu bieten, an dem sie sein können, bis sie zu Engeln berufen werden oder wiedergeboren werden. Ein Körper aus Fleisch und Blut würde hier schon nach kurzer Zeit zerfallen.<< Helena sah Ben ins Gesicht.

Erst jetzt bemerkte sie, wie blass er war und wie schlecht und krank er aussah. Sie begriff, dass sie aufhören musste, nur an sich zu denken und in ihrem Selbstmitleid zu ertrinken. Ben ging es wesentlich schlechter als ihr, auch wenn er es nicht zugab und versuchte, es zu verbergen. Er sank auf die Knie und hielt sich den Bauch. >>Es geht dir nicht sehr gut, Ben, oder?<< >>Der Kampf war sehr anstrengend für mich. Ich musste mich noch nie so sehr anstrengen.<< >>Du hast dich nicht nur im Kampf aufgeopfert. Du hast mein Leben gerettet.<< >>Das ist wahr. Aber das hätte ich nicht getan, wenn ich es nicht gern tun würde.<< >>Ich danke dir dafür, auch wenn es vorhin nicht den Anschein machte. Du hast deine ganze Kraft darauf verwendet, mein Leben zu retten. Warum bist du so an deine Grenzen gegangen? Du wusstest doch sicher ganz genau, dass dein Körper diese Strapazen auf Dauer nicht mitmacht. Und wenn du so viel über das Paradies weißt, warum begibst du dich dann freiwillig in diese Gefahr? Und warum sagst du mir nichts davon? Du riskierst hier noch viel mehr, indem du mich im Ungewissen lässt.<<

>>Das würdest du vermutlich nicht verstehen, Helena. Natürlich wusste ich, dass es anstrengend wird, aber was sollte ich tun? Ich konnte dich unmöglich sterben lassen. Schließlich hast du dieses Reich gerettet.

Ich hätte es nicht ertragen, dich zu verlieren. Das ist mir in dem Moment klar geworden, als du mir sagtest, dass du dich Chinai stellen und in sein Reich aufbrechen würdest. Irgendetwas musste ich also unternehmen. Ich versprach dir, an Samuels Seite zu kämpfen. Dein Leben war mir aber wichtiger als meines. Ich werde mich schon wieder erholen, keine Sorge. Außerdem wollte ich dich nicht dazu drängen von hier aufzubrechen. Ich weiß, wie wichtig dir dein Bruder ist. Ich würde mir nie erlauben, euch voneinander fernhalten zu wollen.<<

>>Aber nicht, wenn du dich nicht ausruhst und dir keine Ruhe gönnst. Du bist die ganze Zeit schon auf den Beinen und du bist verletzt. Du bist so blass, dass ich Angst bekomme, du fällst jeden Moment tot um.<< Ben lächelte gequält. Es war merkwürdig für ihn, dass Helena ihn so durchschaute. Normalerweise besaß *er* das nötige Feingefühl, um die Stimmungen und Gefühle der anderen wahrzunehmen. Dieses Mal schien es umgekehrt zu sein. >>Deine Seele kann das nicht aushalten. Du quälst dich, Ben. Ich habe vermutlich keine Ahnung, wie groß deine Schmerzen sein müssen, aber ich weiß, dass es besser wäre, wenn wir in unsere Heimat zurückkehren. Und das so schnell wie möglich.<< >>Du musst das nicht tun, nur wegen mir. Du sagtest doch, dass du hier bleiben möchtest.<< >>Ich will nicht, dass du leiden oder sogar sterben musst. Nicht wegen mir. Du bist der Letzte, der mir noch geblieben ist. Wenn du nicht mehr bei mir bist, wäre ich verloren in dieser undurchdringlichen Finsternis. Du darfst mich nicht allein zurücklassen, Ben. So sehr, wie du dich verausgabt hast, ist es nur noch eine Frage der Zeit, bis deine Seele zerbersten

wird.<< >>Du machst dir zu viele Sorgen.<< sanft berührte er ihre Wange mit seiner Hand und Helena spürte für einen kurzen Moment, welche Höllen Ben gerade durchlitt. Sie wich zurück und sah ihn wie erstarrt an. >>Du wirst sterben, wenn wir noch länger her bleiben.<<, meinte sie dann mit zitternder Stimme und ging einen weiteren Schritt zurück. >>Ja, das werde ich vermutlich.<<

>>Warum tust du das dann? Warum machst du nicht den Mund auf, wenn es dir so schlecht geht? Denkst du denn, ich möchte, dass du stirbst?<< >>Reg' dich nicht auf, Helena. Es gab in letzter Zeit Wichtigeres, als meine Gesundheit. Es ergab sich nie die Gelegenheit, mit dir darüber zu sprechen. Und sterben müssen wir alle früher oder später. Das ist der Lauf der Dinge. Alles, was mit der Geburt beginnt, endet unweigerlich mit dem Tod.<< >>Red' dich nicht raus! Du musst doch auch mal an dich denken. Du riskierst hier dein Leben, obwohl du genau weißt, dass es für mich keinen Sinn macht weiterzuleben, wenn du auch noch gehst.<< >>Ich weiß, Helena. Mach dir doch nicht solche Sorgen. Ich weiß genau, was ich tue und ich wusste auch, worauf ich mich einlasse. So schnell wirst du mich nicht los, auch wenn du es gern hättest. Schließlich warst du diejenige, die zu mir gesagt hat, dass ich dich nicht allein lassen soll. Wenn du solche Angst um mich hast, dann frag' doch Samuel, ob er das Tor zur Erde für uns öffnet. Er wird uns sicher zurückbringen, denn du bist zu schwach, um das zu tun. Und ich beherrsche diese Kunst nicht.<< Helena nickte. >>Ich bin so schnell wie möglich zurück. Halte solange durch.<< sie ging davon, um Samuel zu suchen. Erschöpft sackte Ben zusammen und atmete in kurzen Stößen ein

und aus. Es war einfach zu anstrengend für ihn. Aber es war gut, dass Helena zu ihrer Einsicht gelangt war. Raphael hatte sie genau im richtigen Moment wieder auf den Boden der Tatsachen zurück gebracht. Wenn sie auch auf sonst niemanden hören würde, aber das Wort ihres Bruders war ihr heilig. Das würde es immer sein.

Er kniff die Augen zusammen und krallte die Hände ins Gras. Sein Herz bereitete ihm Höllenschmerzen. Er hatte das Gefühl, als würde es jeden Moment zerspringen. Ihm war heiß und kalt zugleich. Er würde nicht mehr lange durchhalten können. Helena musste sich beeilen. Wann sie mit Samuel zurückgekommen war, wusste er nicht. Er spürte irgendwann nur Helenas Hand auf seinem Rücken und wie sie versuchte, ihm aufzuhelfen. Aber Ben war zu schwach, weshalb Helena sich zu ihm kniete. Er spürte, dass sein Kopf auf ihren Beinen ruhte und sie vorsichtig mit einer Hand über seine Haare strich. Die andere ruhte auf seiner Brust.

Richtig zu sich kam er erst wieder, als er feuchtes Gras unter seinen Händen spürte und der Wind durch seine Kleidung fuhr. Ben ballte die Hände zu Fäusten und schloss Gras und Erde in ihnen ein. Er fror. Sie waren zurück. Die Schmerzen ließen allmählich wieder nach. >>Kannst du aufstehen?<<, drang Helenas Stimme langsam in sein Bewusstsein. >Wie die Stimme eines Engels.<, kam es ihm in den Sinn. >>Ich glaube schon.<< wie in Trance stand Ben auf. Er fühlte eine seltsame Erleichterung in seiner Seele. Er verspürte nicht mehr solche Schmerzen, wie noch kurz zuvor im Paradies. >Das war knapp. Viel länger hätte ich nicht mehr durchgehalten.< Ben hatte großen Respekt vor dem, was Helena für ihn tat. Sie gab ihren Bruder auf, damit *er* nicht starb. Und er wusste sehr genau, wie sehr Helena ihren Bruder liebte und wie sehr sie sich ein Leben mit ihm wünschte. Sie hatte es ihm gegenüber nie erwähnt, aber dass sie ihren Bruder nun nie wieder sehen würde, machte sie sicher verrückt. Sie hatte sich nicht einmal richtig von ihm verabschieden können wegen ihm. Trotz allem war Ben sehr erleichtert, wieder auf der Erde zu sein. Er freute sich über die Rückkehr, auch wenn die Stadt, in der er und Helena groß geworden waren, völlig zerstört war und in Trümmern lag. Es würde ein langer und steiniger Weg werden, aber gemeinsam würden sie viel erreichen können.

# 5. Ein neuer Anfang

Ben bemerkte, wie Helena neben ihm aufstand und sich ein Stück von ihm entfernte. Ihr stockte der Atem, als sie das Ausmaß der ganzen Zerstörung vor Augen hatte. Die gesamte Stadt lag in Schutt und Asche. Kein Stein stand mehr auf dem anderen. Das Wrack des abgestürzten Flugzeuges ragte wie ein Mahnmal aus den Trümmern der Häuser hervor. Überall stieg Rauch aus den Ruinen auf und vereinzelt brannten noch immer Feuer. Es würde noch eine Weile dauern, bis alle Brände verlöscht waren. Es machte jedenfalls keinen Sinn, sie mit bloßer Hand löschen zu wollen. Dafür waren sie einfach zu groß. Ein riesiger Krater umschloss das abgestürzte Flugzeug. Vom Stadtpark war auch nichts mehr übrig geblieben. Er lag einst im Zentrum der Stadt, jetzt war er einfach nicht mehr. Ein paar tote Baumstämme ragten wie Knochen in den Himmel. Nicht einmal Raben kreisten über der Stadt. Es herrschte Totenstille. Bis auf das Knistern des alles verzehrenden Feuers war nichts zu hören. Helena umschlang ihren Oberkörper mit den Armen und atmete tief durch.

Und nicht eine Menschenseele war zu sehen. Weder sie in Gestalt, noch deren Seelen konnte Helena auch nur irgendwo entdecken. Noch nicht einmal Vögel waren zu hören. Es herrschte einfach nur Totenstille. Eine grausige Stille. Geschockt sank Helena auf die Knie und sie spürte, wie ihr Tränen übers Gesicht rannen. Sie brannten in ihren Augen, aber sie konnte nicht dagegen ankämpfen. Sie merkte noch nicht einmal, dass sie weinte. Das Salz brannte noch immer in ihrer Wunde auf der Wange. Es war, als würde die Trauer aller verlorenen Seelen über sie hereinbrechen. Beinahe so, als würde die Erde selbst weinen und Helena spürte diesen Schmerz wie ihren eigenen. >Es hat sich nichts geändert!<, dachte sie. >Warum konnte ich dieses Chaos nicht verhindern? Ich konnte ihn nicht aufhalten! Chinai hat alles zerstört, weil ich nicht stark genug war, ihn aufzuhalten. Ich konnte die Menschen nicht vor dieser Katastrophe bewahren! Habe ich denn nicht alles getan? War das noch immer nicht genug?< plötzlich spürte sie eine liebevolle Umarmung und einen leichten Flügelschlag. Samuel kniete hinter Helena und hielt sie fest umschlossen. >>Es ist nicht deine Schuld, Helena.<<, flüsterte er ihr ins Ohr. Als sie diese Worte vernahm und die Wärme seiner Umarmung spürte, konnte sie ihre Tränen erst recht nicht zurückhalten. Sie umschloss Samuels Arme mit ihren Händen und ließ ihren Tränen freien Lauf. Ihre Verzweiflung, ihre Wut und ihr Schmerz flossen mit ihren Tränen einfach aus ihrem Körper heraus. >>Warum konnte ich das nicht verhindern? Warum mussten sie alle sterben? Sie hatten doch nichts Schlimmes getan! Ich war es doch! Ich war zu schwach! Ich konnte absolut nichts ausrichten, Samuel. Es war völlig sinnlos, dass du mich um Hilfe gebeten hast.<<, klagte sie mit bebender Stimme.

>>Du tatest alles, was in deiner Macht stand, Helena. Chinai war einfach zu mächtig. Die Erde wurde von ihrer völligen Zerstörung errettet – durch dich. Ich bin mir sicher, dass irgendwo Menschen überlebten und sie dir sehr dankbar wären, würden sie dich kennen. Du musst nur Mut zeigen. Irgendwo werden

Menschen überlebt haben. Warte auf sie. Sie werden den Weg ganz sicher zu dir finden.<< >>Aber ich bin Schuld, dass so viele sterben mussten! Die Menschen, die überlebten werden mir nicht dankbar sein, wenn sie erfahren, dass ihre Angehörigen wegen mir umgekommen sind! Weil ich nicht gehandelt habe, als es angebracht war! Ich habe mir viel zu lange Zeit gelassen, weil ich unbedingt meinen Sturkopf durchsetzen wollte! Und damit habe ich alles nur noch schlimmer gemacht!<< nun kam Ben langsam auf die beiden zu. Traurig und ratlos sah er zu Helena herunter. Es gab nichts, was er hätte tun können, um ihr zu helfen. Nichts, das er sagen könnte, um sie aufzumuntern. Das musste er nun erkennen. All sein Reden war doch nichts weiter als leeres Geschwätz. Vermutlich war Samuel der Einzige, der Helena im Moment den Halt geben konnte, den sie benötigte. Also entfernte er sich wieder von den beiden und verschwand, um sich in der Stadt umzusehen. Er musste sich ablenken, um der Eifersucht keine Zeit zu geben, sich in seinem Herzen einzunisten. Auch wenn es ihm schwer fiel die beiden allein zu lassen. Aber er musste ihnen die Zeit geben, die sie nun brauchten. Dass Samuel Helena so nahe kam und er es noch immer nicht fertig gebracht hatte, ihr auch nur ein Stück weit näher zu kommen, machte ihn wütend. Er wollte sie nicht an Samuel verlieren. Nicht an einen Erzengel.

>>Ich spüre, wie sehr du leidest, Helena. Das Schicksal dieser Menschen bewegt dich. Ich achte sehr, was du getan hast, das musst du wissen. Und die anderen auch. Vor allem Michael und diejenigen, denen du beistandest. Ich bin sehr stolz auf dich, Helena, wirklich. Du bist mutig und stark. Und diese Stärke errettete das

Paradies und die Erde. Zwar mussten wir alle Verluste hinnehmen, aber jetzt haben wir alle eine Chance, von vorn anzufangen. Ihr könnt ein neues Leben beginnen, Helena. Und du kannst ein Teil dieses Lebens werden.<< Helenas Tränenfluss nahm langsam wieder ab. Samuels ruhige Stimme beruhigte auch sie.

>>Warum tut es dann aber so weh, Samuel?<< >>Weil du dir Vorwürfe darüber machst, dass du nichts ausrichten konntest. Aber das ist nicht wahr, Helena. Du tatest mehr, als manch anderer. Selbst wenn du durch Chinai nicht diese Verletzungen erlitten hättest, wäre es unmöglich gewesen, alle Menschen zu retten. Du allein wärst nie gegen seine Armee angekommen. Schmerzende Erinnerungen liegen schwer auf dem Herzen eines Menschen. Diese zu ertragen und mit ihnen zu leben ist nicht immer einfach. Es gibt Momente, in denen möchte man sie am liebsten vergessen und für immer tilgen. Das ist nicht möglich. Schmerzliche Erinnerungen gehören zum Mensch sein genauso dazu, wie die schönen.<< >>Bring' mich zurück, Samuel. Bitte. Ich will hier nicht bleiben. Diese Stadt ist ausgestorben. Ich schaffe das nicht. Das ist zu groß für mich. Ich habe nicht die Kraft, etwas aufzubauen. Ich habe zu viel verloren. Und meinetwegen wäre Ben fast gestorben. Was, wenn ihm hier jetzt etwas zustößt? Ich will ihn nicht auch noch verlieren.<< Helena schluchzte noch immer ein wenig. >>Ich kann dich nicht zurückbringen, Helena. Dein zu Hause ist hier. Du musst es wieder aufbauen, das ist deine Bestimmung. Und es gibt Ben. Ben wird dir immer zur Seite stehen. Würdest du ihn einfach so im Stich lassen? Kannst du das?<< >>Nein, das schaffe ich nicht. Ich ertrage das einfach nicht mehr. Ich bin nur wegen

Ben hierher zurückgekommen. Weil ich nicht wollte, dass er stirbt. Er bedeutet mir zu viel, als dass ich ihn verlieren will.

Aber ich vermisse meinen Bruder. Ich habe mich nicht von ihm verabschiedet. Ich konnte ihm nicht sagen, wie sehr es mir leid tut, was damals geschah. Wenn ich nicht gewesen wäre, wäre er jetzt noch am Leben. Ich konnte mich nicht bei ihm entschuldigen, Samuel. Und ich konnte ihm nicht sagen wie sehr ich ihn liebe und vermisse. Diese Stadt war nie wirklich mein zu Hause. Warum soll ich etwas aufbauen, was mir nichts bedeutet? Die Menschen um mich herum haben mich immer nur angestarrt und gemieden.<<
>>Helena.<<, vorsichtig drehte Samuel sie zu sich um, so dass sie ihn ansehen musste. Er legte ihr eine Hand unter das Kinn.

>>Ich weiß, dass es viele Dinge gibt, die du tun wolltest, aber das war einfach nicht möglich. Ich kann dich nicht wieder ins Paradies bringen. Würdest du es ein weiteres Mal als lebendige Person betreten, würdest du auf jeden Fall sterben. Das kann ich nicht zulassen und das wäre auch nicht das, was dein Bruder für dich wollte. Bleib Ben zu liebe hier. Tu ihm diesen Gefallen. Wenn du so sehr unter all dem leidest, dann kann ich dir helfen, dieses Leiden zu mindern. Aber nicht, indem ich dich ins Paradies bringe. Ich kann dir deinen Kummer nehmen, wenn du es wirklich wünschst. Dann wird es dir leichter fallen, das alles hier zu meistern.<<
stumm schüttelte Helena den Kopf. Dann wollte sie etwas sagen, aber sie konnte nur Samuels Namen aussprechen. >>Ich kann dir diese Bürde nicht abnehmen, Helena. Es ist dein Schicksal, für die Erde einzustehen. Ben wird immer an deiner Seite sein und mit dir

kämpfen. Du bist also nicht allein. Vergiss das nicht. Er ist dein Gegenstück. Das Schicksal bestimmte euch beide füreinander und die Schriften besagen das Gleiche. Ihr beide habt den Krieg überlebt. Ihr werdet auch das hier meistern. Versuche, dir selbst zu vertrauen. Deine Fähigkeiten zeigen dir den Weg. Und wenn du einmal zweifeln solltest, dann wird Ben an deiner Seite sein.<< >>Das ist schwer.<< >>Ich weiß. Aber ich bin mir sicher, dass du das schaffen wirst. Ich glaube an dich.<< Helena holte tief Luft. Sie musste sich beruhigen – irgendwie. >>Möchtest du, dass ich dir helfe, die Lasten deiner Seele zu erleichtern?<<, wollte er dann wissen. Mit verschleiertem Blick sah Helena direkt in Samuels Augen. Dann schüttelte sie fast unmerklich den Kopf. >>Ich muss lernen, damit umzugehen und damit zu leben. Das gehört nun mal zu meinem Leben und meiner Geschichte. Es wäre falsch, das alles zu vergessen. Es ist wichtig, diese ganze Geschichte und diesen Krieg in Erinnerung zu behalten und diese Geschichte an andere Menschen weiterzugeben. Ich denke, das kann ich tun. Raphael bat mich darum, die Geschichte dieses Krieges an die Menschen weiterzugeben. Dann werde ich das auch tun.<<

>>Vergiss nicht, dass ich immer in deiner Nähe bin, um dir beizustehen. Es ist mein Schicksal, über dich zu wachen. Wir beide sind Eins. Solange du lebst, werde ich an deiner Seite und mit dir verbunden sein – egal, was geschieht. Und selbst, wenn ich dir nicht beistehen kann, gibt es immer noch deinen Bruder. Ich bin sicher, er wird ein wachsames Auge auf dich haben. Er würde dich niemals verlassen.<< Helena atmete tief ein. >>Du weißt, dass ich nicht mehr das Glück finden werde, das ich mir erhofft habe. Mir wurden

zu viele Menschen genommen, die mir etwas bedeuteten.<< >>Es gibt Ben. Er lebt noch. Und er ist bei dir. Das solltest du nicht vergessen. Und für den Anfang muss das genügen.<<

>>Du hast dabei etwas Wichtiges vergessen. Ben hat vielleicht andere Pläne. Außerdem weiß ich, dass du es nicht ertragen wirst, wenn du mich mit Ben zusammen siehst. Ich habe das Gefühl, als würdest du mich nicht nur als deinen Schützling sehen. Ich fühle mich irgendwie hin- und hergerissen deswegen.<< >>Mach dir keine Gedanken darüber.<< >>Du wirst eifersüchtig auf Ben sein. Vielleicht beginnst du sogar mit der Zeit, ihn zu hassen. Du wirst zu einem Gefallenen, wenn das geschehen sollte. Das möchte ich auf keinen Fall.<< >>Keine Sorge, Helena. Ich weiß, dass du nur mein Schützling bist. Auch wenn inzwischen Gefühle geweckt wurden, die nicht bestehen dürfen – ich kann damit umgehen. Meine wahre Liebe galt nur einer einzigen Frau. Und diese wurde mir genommen. Ich werde nie wieder so lieben, wie ich sie liebte.<< >>Wer war es? Du hast mir versprochen, es mir zu erzählen.<< >>Du kanntest sie. Du hast sie im Dorf kennen gelernt.<< >>Selina?<< >>Ja. Es ist schon lange her, dass wir zusammen als Menschen auf der Erde lebten. Sie war die Tochter eines Landsherrn und ich der Stallbursche in seinem Pferdestall. Wir sahen uns jeden Tag und sie lachte sehr viel, wenn sie bei mir war. Mit der Zeit verliebten wir uns ineinander. Wir waren sehr glücklich, doch ihr Vater duldete unsere Verbindung nicht. Wir versuchten alles, aber wir sahen nur noch einen Weg, um in Frieden miteinander leben zu können.<< >>Den Tod.<< >>Ja. Wir töteten uns mit Gift. Als ich im Paradies erwachte, war sie nicht mehr

an meiner Seite. Ich suchte überall nach ihr, aber ich fand sie nie. Mit der Zeit wurde ich zu einem Engel und schließlich zu einem Erzengel berufen. Ich war damals noch unerfahren. Ich habe viele Dummheiten gemacht, weil ich mit meinen Gedanken selten bei der Sache war.<< >>Was für Dummheiten?<<

>>Als frisch ernannter Erzengel sollte ich eine Legion von Engeln befehligen. Uns stand ein Krieg mit den Dämonen bevor. Durch meine Dummheit und meinen Stolz brachte ich das Paradies fast zum Einsturz. Ich führte die Engel in die Schlacht und kümmerte mich nicht um unsere Verteidigung. Ich wollte den Dämonenkönig töten, das war mein Ziel. Für die Seelen, die im Paradies lebten, hatte ich kein Auge und auch die Verletzten blendete ich aus. Michael wollte mich aufhalten, aber ich war blind vor Hass. Wir verloren die Schlacht und die Dämonen fielen in unser Reich ein. Sie griffen das innere Heiligtum an, das Herz unseres Reiches. Die Säulen, die das Paradies aufrecht erhielten waren schwach und begannen zu brechen. In letzter Minute erkannte ich meinen schrecklichen Fehler und stellte mich dem Dämonenkönig. Dadurch konnte ich das Schlimmste abwehren, aber ich war für immer gezeichnet. Ich hatte tausende Engel in den Tod geführt. Ich war dafür verantwortlich, dass sie nie wieder die Chance auf eine Wiedergeburt bekamen. Ich war sehr egoistisch. Ich dachte nur an mich.<< >>Das verfolgt dich bis heute, nicht wahr?<< Samuel nickte nur.

>>Inmitten der Trümmer fand ich Selina schließlich wieder. Als ich die Traurigkeit in ihren Augen sah, wollte ich nicht länger ein Dasein als Erzengel fristen. Ich wollte mich töten. Endgültig verschwinden.

Mit dieser Schande konnte und wollte ich nicht leben. Das Schlimmste für mich war, dass ich nicht daran gedacht hatte, dass sie in diesem Krieg verletzt werden könnte. Ich hatte die Gedanken an sie völlig verdrängt und das brach mir das Herz. Ich konnte ihr nicht mehr in die Augen sehen, aber sie baute mich auf und vertraute mir. Sie stand fest zu mir und ließ sich von niemandem beirren, auch nicht von Michael. Sie webte ein unsichtbares Band zwischen uns und das besteht bis heute. Ich spüre sie noch immer in meiner Nähe. Ich weiß, dass sie bei mir ist, auch wenn ich sie nicht sehen kann. Das tröstet mich ein wenig.<<
>>Aber du trauerst, weil du dich nicht von ihr verabschieden konntest. Wie lange habt ihr euch nicht gesehen, als diese Schlacht stattfand, in der das Dorf niedergebrannt wurde?<< >>Ein paar Monate. Michael beorderte mich zu einem Lager ab und dann kam die Aufgabe des Schutzengels dazu. Ich war damals auf der Suche nach ihr, als das Dorf angegriffen wurde. Ich war sehr besorgt um sie. Als ich dich am Rande des Dorfes entdeckte, geriet das jedoch erst einmal in den Hintergrund.

Irgendetwas sagte mir, dass ich zu dir gehen musste, also tat ich das auch. Tatsächlich traf ich Selina kurz darauf. Es schien ihr gut zu gehen. Sie lächelte mich an und versicherte mir, dass alles in Ordnung sei und dass es ihr gut gehe. Sie sagte mir, dass es wichtig sei, dass ich die anderen verteidigte, mich um dich kümmerte und in den Kampf zog, um das Paradies zu retten. Alles, was ich tat war, sie zu umarmen, dann bin ich verschwunden. Wenig später erfuhr ich, dass sie zu diesem Zeitpunkt schon tödlich verwundet worden war. Und wenn ich jetzt daran zurückdenke weiß ich, dass ich das Gefühl hatte ihr Blick würde sagen: >Ich wusste, dass du kommst.< Es war ein Abschied, aber ich verstand es nicht zu diesem Zeitpunkt. Sie wusste es jedoch sehr genau und das schmerzt mich sehr.<< >>Ich glaube, du hättest sie nicht retten können. Sie macht dir sicher keine Vorwürfe deswegen. Jedenfalls glaube ich das.<< >>Irgendwann werden wir wieder vereint sein. Daran glaube ich.<< >>Aber sagtest du nicht, du wärst in meine Mutter verliebt gewesen? In Flora?<< >>Ja, das ist wahr. Ich war der Meinung, ich würde Selina niemals wieder sehen. Da ich sie nirgends finden konnte war ich der Meinung, ihr Seele wäre bereits wiedergeboren worden. Dass sie in die Hölle gekommen war, war sehr unwahrscheinlich. Sie hatte niemals etwas Unrechtes getan in ihrem Leben. Flora begegnete ich zum ersten Mal, als ich zu einem Erzengel berufen wurde. Sie sprach mir damals diesen Titel zu. Sie war Selina in ihrer Art sehr ähnlich. Das faszinierte mich und ließ mich meine große Liebe für einige Zeit vergessen. Ich war nicht so stark, wie ich gern wollte.<< Samuel seufzte.

Lange herrschte Schweigen zwischen den beiden. Schließlich rappelte sich Helena auf. >>Danke für alles.<<, konnte sie nur sagen. Ihre Stimme versagte, sie hatte einen Kloß im Hals. Mehr musste sie auch nicht sagen. Auf seine Geschichte würde sie nicht reagieren. Das war nicht notwendig. Samuel ergriff ihre Hand und legte etwas hinein.

>>Bewahre es gut für mich auf. Es ist das Wertvollste, was ich besitze. Ich vertraue es dir an. Wenn wir uns eines Tages wieder sehen, kannst du es mir wieder geben.<< dann verschwand er. Als er weg war, öffnete Helena ihre Hand und sah auf den kleinen

Gegenstand, den Samuel ihr gegeben hatte. Es war ein kleines Kreuz, das von einer Rosenranke umschlossen wurde. Sie konnte nur erahnen, welchen Wert diese Kette für Samuel haben musste. Sie öffnete den Verschluss und band sie sich um. Dann hörte sie, wie sich Schritte näherten. Ben war zurück.

>>Von unserer Stadt ist nicht sehr viel übrig geblieben. Wir sollten nach Überlebenden suchen. Vielleicht haben sich die Leute aus Angst in den Ruinen versteckt. Wenn sie erfahren, dass es noch weitere Überlebende gibt, werden sie vielleicht den Mut finden und herauskommen.<<, meinte er nur nüchtern. Helena fragte sich, ob er die Szene mit Samuel wohl beobachtet hatte. Und wenn, wie viel er davon mitbekommen hatte. Es musste wohl so sein. Er verhielt sich irgendwie anders als noch vor wenigen Stunden. >>Was passiert, wenn es keine Überlebenden gibt?<<, wollte sie dann wissen und stand auf. >>Dann werden wir uns eben für uns allein einen Ort erbauen, an dem wir leben werden.<< >>Du hörst dich an, als wären wir verheiratet.<< Ben lächelte. >>Tut mir leid. Meine sentimentale Seite.<<, meinte er als Rechtfertigung. Er reichte Helena seine Hand und sie ergriff sie gern. Ben war nun der Einzige, den sie noch hatte. Irgendwie verspürte sie das Gefühl, als ob sie Samuel für eine lange Zeit nicht mehr sehen würde. Er würde zwar immer noch über sie wachen, aber sie wusste, dass sie sich nicht sehen würden. >>Helena?<< sie erschrak. >>Ja, was denn?<< >>Was ist da zwischen dir und Samuel gewesen?<< fragend sah sie Ben von der Seite an. Sie sah seinen unsicheren Blick und ein Schein von Angst funkelte in seinen Augen. >>Ich weiß nicht, was du hören willst.<< >>Die Wahrheit.<< >>Wie

soll ich es dir denn erklären, Ben? Ich weiß, dass es danach nicht mehr so sein wird, wie jetzt. Lass uns dieses Thema jetzt bitte nicht besprechen. Wenn genug Zeit dafür ist, werde ich es dir gern erklären.<< bat sie und Ben schwieg lange. Nach einer Weile begann Helena:

>>Wirst du jetzt deinen eigenen Weg gehen?<< in ihrer Stimme war ein Anflug von Angst zu hören. Langsam ging Ben auf sie zu. >>Nein. Was geschehen ist, ist geschehen. Alles hat seinen Sinn im Leben. Und alles, was wir jemals tun und sagen, wurde von Anbeginn von unserem Schicksal festgelegt. Darum sollten wir auch nicht an dem festhalten, was war. Die Zeit bleibt nicht stehen. Sie schreitet unaufhörlich voran und verändert alles. Also komm – lass uns nach Überlebenden suchen.<< damit reichte Ben Helena erneut seine Hand und gemeinsam gingen sie in die zerstörte Stadt, um nach Opfern dieser Katastrophe zu suchen. Obwohl Helena noch immer Hemmungen hatte, sich von Ben berühren zu lassen, wusste sie auch, dass er nur soweit in ihre Gedanken eindringen konnte, wie sie es zuließ. Das beruhigte sie. Und irgendwann, das wusste sie, würde der Tag kommen, an dem sie sich auch darauf einlassen konnte.

# 6. Die Kraft, zu überleben

Helena und Ben machten sich also auf die Suche, nach Überlebenden dieser Katastrophe. Sie wurden schnell fündig. Überall versteckten sich die Menschen in den Ruinen ihrer Häuser. Vor allem Kinder waren oft zurückgeblieben und nun verwaist. Helena zweifelte, ob sie es durchhalten würde, all dieses Leid zu sehen. Sie wusste nicht, wie sie es schaffen sollte, sich um diese Menschen zu kümmern. Jeden Tag strömten mehr Menschen in die zerstörte Stadt, denn sie alle hörten davon, dass es hier Hilfe geben würde. Aber Helena wusste nicht, wie sie ihnen helfen sollte. Sie besaßen weder Verbandsmaterial für die Verwundeten, noch Lebensmittel. Sie hatte auch keine Ahnung, wo sie die Flüchtlinge unterbringen sollte. Ihr und Ben blieb nichts anderes übrig, als die Lebensmittelgeschäfte zu plündern und leer stehende Lagerhäuser provisorisch als Schlafplätze umzufunktionieren. Ben stand ihr so tatkräftig zur Seite, wie es ihm nur möglich war. Aber da beide viel zu tun hatten, blieb ihnen auch nur sehr wenig Zeit füreinander.

Nach zwei Wochen waren bereits so viele Flüchtlinge in der Stadt, dass Helena nicht mehr wusste, wo ihr der Kopf stand. Es gab so viel zu tun, dass sie nicht wusste, wo sie zuerst hingehen sollte. Ihr blieb nur, sich mit Ben zusammenzusetzen, und darüber nachzudenken, wie sie das ändern konnten. Sie zogen sich auf das Dach eines intakten Neubaus zurück. Es war eine sternenklare Nacht und der Mond stand voll am Himmel. >>Wie soll es weitergehen, Ben? Es kommen

immer noch so viele Flüchtlinge hierher, dass ich keine Ahnung mehr habe, wo ich zuerst hingehen soll.<<
>>Ich glaube, es ist sinnvoll, wenn wir diejenigen, die keinen Schaden erlitten haben, mit einbinden. Die Erwachsenen können sich um die Kinder kümmern. Sie alle haben einen Beruf erlernt. Ärzte, Doktoren, Architekten und was es sonst noch so gibt. Sie können die medizinische Grundversorgung der anderen übernehmen. Wir müssen nur bis in die anderen Städte vordringen und uns um Material kümmern. Und sie können sich genauso auch darum kümmern, dass sie an Nahrung kommen. Die Läden sind leer geräumt. Das heißt also, dass es jetzt darauf ankommt, wie gut sich der Mensch anpassen kann und wie ausgeprägt ihr Überlebensinstinkt noch ist. Ehrlich gesagt, macht es mir etwas Sorgen, wenn ich daran denke, dass sie sich selbst versorgen sollen. In unserer Zeit musste man sich um nichts mehr kümmern. Jetzt sind sie wieder auf sich allein gestellt. Wir werden wohl sehen müssen, ob sie das können.<<

>>Aber wie sollen sie etwas anbauen? Es gibt nichts, das wir säen könnten.<< >>Es gibt genug, keine Sorge. Ich schlage also vor, dass wir morgen zu den Leuten gehen und ihnen erklären, was zu tun ist. Ich kümmere mich darum, alles zu organisieren. Wir müssen sie in verschiedene Gruppen einteilen. Je nachdem, was sie gelernt haben, werden sie etwas für die anderen tun können. Und du kannst mit den Leuten nach Land suchen, dass wir urbar machen können.<<

>>Davon dürfte es wohl mehr als genug geben. Sieh dich um. Die Häuser sind schließlich alle zerstört. Es gibt genug Land, das sie nutzen können. Ich habe trotzdem das Gefühl, als wäre es völlig sinnlos, was

wir hier veranstalten. Irgendwie glaube ich, dass wir auf der Stelle treten und nicht voran kommen.<< >>Es liegt noch eine schwere und harte Zeit vor uns. Und vor allem viel Arbeit. Wir sind jetzt für diese Leute hier verantwortlich. Wenn wir die Flinte ins Korn werfen, was haben sie dann noch für einen Ansporn, ein neues Leben zu beginnen?<< >>Sind sie nicht alt genug? Warum müssen ihnen zwei Jugendliche erzählen, was sie wie und wann zu tun haben? Das sind alles erwachsene Menschen, die wir da vor uns haben. Ich halte das nicht länger aus, Ben. Ich brauche Ruhe und Zeit für mich. Ich hatte noch nicht einmal genügend Zeit, um mir überhaupt darüber bewusst zu werden, was alles hinter uns liegt. Es stürzen einfach nur jeden Tag neue Eindrücke und Erfahrungen auf mich ein und sie erschlagen mich allmählich. Ich verliere den Kopf. Und wenn das so weitergeht auch den Verstand.<<

>>Ich kann gut nachvollziehen, was du meinst. Es ist einfach so viel zu tun, dass man keine Zeit findet, darüber nachzudenken. Man funktioniert einfach nur. Mir geht es ähnlich. Aber auf der anderen Seite sage ich mir immer wieder, dass ich gerade jetzt stark bleiben muss, um den anderen ein gutes Vorbild zu sein. Und auch, um dich zu stärken.<< er machte eine kurze Pause. >>Siehst du das Haus dort hinten?<< Ben zeigte mit dem Finger auf einen weit entfernten Neubau. Er schien völlig in Ordnung zu sein, doch nach näherem Hinsehen bemerkte Helena, dass eine Seite des Hauses fehlte. Sie nickte schweigend. >>Ich hatte noch keine Zeit, nachzusehen, ob meine Wohnung noch in Ordnung ist oder ob sie verwüstet wurde. Von hier aus sieht es beinahe so aus, als wäre sie noch intakt. Aber wer weiß, wie die Rückfront aussieht.<< in Bens

Stimme klang Trauer mit und Helena ahnte, dass sich in dieser Wohnung alles befunden hatte, was Ben etwas bedeutete. >>Dann lass uns nachsehen. Ich glaube, die Menschen kommen eine Weile auch mal ohne uns aus.<< damit stand Helena vom Dach auf, schloss ihren flügelförmigen Anhänger fest in ihrer Hand ein und benutzte die Kraft, die diesem Anhänger inne wohnte, um ihre drei Engelsflügel zu entfalten.

>>Was hast du vor, Helena?<< >>Wir sehen nach, was mit deiner Wohnung geschehen ist. Komm schon. Wenn wir die Zeit jetzt nicht nutzen, wann willst du es dann tun? So schnell wird sich nicht wieder eine Gelegenheit dafür bieten.<< einladend hielt Helena Ben ihre Hand hin. Seufzend stand er nun ebenfalls auf, entfaltete seine Flügel und gemeinsam machten sie sich auf den Weg zu diesem Neubau. Als sie dort ankamen und gleich auf Bens Etage landeten, wurde den beiden klar, dass von seiner Wohnung nicht mehr sehr viel übrig geblieben war. Die Außenwand fehlte und alles, was noch vorhanden war, lag verstreut herum. Es musste ein Kampf stattgefunden haben, denn es waren Rückstände eines Feuers zu sehen. Ben ließ seine Flügel verschwinden und ging niedergeschlagen durch die Trümmer seiner Wohnung. Ein paar seiner Federn sanken leise zu Boden. Helena tat es ihm gleich und verschwand in seinem Zimmer. Sie sah sich um und entdeckte unter einem Steinbrocken ein altes Foto. Vorsichtig zog sie es hervor.

Auf dem Bild waren zwei kleine Jungs mit ihren Eltern zu sehen. Sie entdeckte noch ein zweites Foto auf dem nur noch ein Junge zu sehen war, aber mit anderen Erwachsenen im Hintergrund. Unbemerkt war Ben hinter Helena getreten und nahm ihr die Fotos vorsichtig aus der Hand. Er seufzte. >>Was sind das für Fotos?<<, wollte sie wissen. Ben setzte sich auf den Gesteinsbrocken und sah lange schweigend auf die Fotos, bevor er antwortete. >>Das bin ich mit meinem jüngeren Bruder und meinen Eltern.<<, meinte er nur und Helena spürte die große Traurigkeit und Sehnsucht, die in seiner Stimme mitschwang. Sie setzte sich neben ihn und legte ihm tröstend eine Hand aufs Knie. >>Deine Eltern?<< sie sah noch einmal auf das Foto. Der Mann hatte bläuliche Haare und die Frau schwarze. Das erklärte auch, wieso Ben einen blauen Schimmer in seinen Haaren trug. Sie war immer davon ausgegangen, er hätte sie gefärbt, aber die Farbe rührte von der Haarfarbe seines Vaters. Und dieser war ein Engel gewesen. Also war es nicht ungewöhnlich. >>Ja, tatsächlich. Dein Vater ist sehr hübsch. Du siehst ihm unglaublich ähnlich.<< >>Ja, das sagte meine Mutter auch immer wieder.<< >>Aber wer sind die Leute auf dem anderen Bild?<< >>Das sind meine Adoptiveltern.<< >>Wo ist dein Bruder?<<

>>Das Foto wurde nach seinem Tod gemacht.<< Helena erschrak. >>Er starb, kurz nach seinem neunten Geburtstag. Es war ein Unfall. Meine Mutter war mit uns unterwegs in eine andere Stadt. Wir wollten in den Zoo. Es regnete und die Straße war in einem schlechten Zustand. Sie führte an einem Berghang entlang und war nicht sehr gut ausgebaut. In einer Kurve tauchte plötzlich eine Gestalt vor uns auf. Meine Mutter bremste scharf ab und versuchte auszuweichen, aber sie verlor die Kontrolle und wir stürzten den Abhang hinunter. Ich kann mich noch sehr gut an diesen Tag erinnern. Als ich zu mir kam, war ich noch immer im Auto. Mein Bruder, der auf dem Rücksitz

saß, war herausgeschleudert worden. Sein Gurt war gerissen. Ich versuchte, meine Mutter wachzurütteln. Sie blutete am Kopf. Aber sie rührte sich nicht, egal wie sehr ich mich auch anstrengte. Ich merkte zwar, dass das Auto qualmte, aber ich habe nur versucht, meine Mutter wach zu bekommen. Irgendwann tauchte ein Engel auf.

Es war mein Vater, der uns zwei Jahre zuvor wieder hatte verlassen müssen. Er lächelte und sagte, ich solle mich um Danny kümmern. Er würde für meine Mutter sorgen und ich bräuchte mir keine Sorgen zu machen. Also kletterte ich aus dem Wagen und lief zu meinem Bruder. Er war bewusstlos, aber er kam zu sich, als ich mich zu ihm kniete und seine Hand hielt. Er lächelte. Ich glaubte, er wäre nur leicht verletzt und sagte mir, dass alles wieder gut werden würde, aber in dem Moment explodierte der Tank und unser Wagen ging in Flammen auf. Obwohl mein Vater gesagt hatte, er würde für unsere Mutter sorgen wusste ich, dass sie noch immer im Wagen gefangen war und in diesem Moment verbrannte. Ich war mir sicher, dass sie wenigstens keine Schmerzen haben würde. Solange mein Vater bei ihr war, würde es ihr gut gehen. Ich beugte mich schützend über Danny, damit er keine Trümmerteile abbekam oder diese schreckliche Szene mit ansehen musste. Ich verstand damals nicht, was da vor sich ging. Ich verstand auch nicht, was mein Bruder zu mir sagte. Er meinte, dass er Mutter sehen könnte und Vater auf ihn warten würde. Er sagte auch, dass er von einem Licht angezogen wurde. Das Einzige, was ich an diesem Tag verstanden hatte war, dass mein Bruder in meinen Armen gestorben war und ich ebenfalls nicht mehr am Leben sein würde, wenn mein Vater damals nicht aufgetaucht wäre und diese Worte zu mir gesagt hätte.<< Helena hörte Ben schweigend zu. Es bedrückte sie, dass er ein solches Schicksal hinter sich hatte. Als sie ihn ansah, weinte er. Tröstend legte sie einen Arm um ihn und ihren Kopf auf seine Schulter.

>>Es tut mir so leid, was du durchmachen musstest. Jetzt begreife ich, dass es nicht wichtig ist, ob ich Probleme habe. Ich war egoistisch, Ben. Das tut mir sehr leid. Ich hätte danach fragen sollen, wie es dir geht. Es sollte mir eigentlich klar sein, dass ich nicht der einzige Mensch mit Problemen bin.<< >>Es ist nicht wichtig, was war. Dieses Erlebnis gehört zu meiner Vergangenheit. Es ist ein Teil von mir und meinem Leben.<< >>Aber es muss schrecklich für dich gewesen sein, deinen Bruder sterben zu sehen – und zu wissen, dass du nichts tun konntest. Hast du denn im Paradies nicht nach deiner Familie gesucht? Sie war doch sicher irgendwo dort.<< >>Natürlich leben sie dort, aber ich weiß nicht wo. Ich habe keine Anhaltspunkte, um nach ihnen zu suchen.<< >>Aber warum hast du nichts gesagt? Du warst die ganze Zeit über bei mir. Es muss schrecklich für dich gewesen sein zu wissen, dass sie dort irgendwo waren und vielleicht auf dich warteten – dich vielleicht beobachteten.<< >>Es ergab sich einfach nicht. Die Umstände haben es nicht zugelassen. Außerdem brauchtest du meine Hilfe. Du warst in Gefahr. Und ich schwor mir, an deiner Seite zu bleiben und dich zu schützen.<<

>>Du Dummkopf. Hättest du doch nur etwas gesagt.<< >>Ich sehe sie irgendwann sowieso wieder. Das weiß ich. Sie warten auf mich. Und so lange kann ich warten. Unser Leben mag uns vielleicht wie eine

Ewigkeit vorkommen, wenn wir wissen, dass es Geliebte gibt, die auf uns warten. Aber in Wirklichkeit ist diese Ewigkeit nur ein Wimperschlag. Die Zeit bis zu unserem Wiedersehen wird schnell vergehen, da bin ich mir sicher.<< >>Was hast du nach dem Unfall deiner Familie getan? Konntest du damit umgehen?<< >>Ich habe erst viel später begriffen, was da geschehen war. Es dauerte lange, bis ich diesen Tag verarbeitete. Meine Pflegeeltern hatten es nicht immer leicht mit mir. Ich habe ein halbes Jahr lang kein einziges Wort mit ihnen gesprochen.<< >>Aber sie haben dich sicher geliebt.<< >>Ja, das haben sie. Das war auch der Grund, warum sie mich schließlich adoptierten. Aber mit der Zeit bekamen sie Angst vor mir.<< >>Wieso?<<

>>Meine Fähigkeiten wurden nach dem Tod meiner Mutter und meines Bruders um ein Vielfaches verstärkt. Es war nicht mehr nötig, meine Eltern zu berühren um zu wissen, was sie dachten. Ich konnte ihre Gedanken hören und damit brachte ich sehr viel Unheil über die beiden. Ich habe meine Kindheit und Jungend so erlebt, dass ich immer wieder Leben um mich herum zerstört habe. Ich habe allen nur Unheil gebracht. Meiner Meinung nach trug ich nicht einmal dazu bei, etwas Gutes zu tun. Erst, als ich auf die Schule für übersinnlich Begabte kam, habe ich gelernt, mit diesen Fähigkeiten umzugehen und sie zu kontrollieren. Langsam lernte ich, wieder zu leben, jedenfalls in den Augen der anderen. Mein Leben änderte sich erst an dem Tag, als ich dich mit dem Rad anfuhr. Ab diesem Tag begann ich wirklich langsam wieder zu leben.<< Helena sah in Bens tiefblaue Augen. Sie erblickte Kummer und Traurigkeit. Und ein Gefühl der Leere. Genau so hatte sie sich auch immer

gefühlt. Einsam und leer. Bis er schließlich in ihr Leben getreten war. >>Du warst vorher genauso einsam wie ich.<<, stellte sie fest.

>>Aber jetzt – jetzt sind wir nicht mehr allein. Wir können uns gegenseitig den Rücken stärken. Du hast sehr viel für mich getan. Es wird wohl langsam Zeit, dass ich auch mal etwas für dich tue.<<, meinte sie schließlich und in ihrer Stimme schwang Mut und Freude mit. >>Du hast recht. Man sollte nicht an der Vergangenheit festhalten.<< >>Nein, aber man darf auch nicht die vergessen, die man liebt. Das wäre ein Fehler. Ich bin mir sicher, dass du deinen Bruder und deine Eltern eines Tages wieder sehen wirst. Aber jetzt ist deine Aufgabe hier noch nicht erfüllt. Lass uns den Menschen zeigen, wie sie ihr zukünftiges Leben meistern können.<< Ben nickte und stand auf. Es war seltsam, dass Helena solche Worte sprach. Sie war selbstbewusster geworden in den vergangenen Wochen und machte einen starken Eindruck. Nein, sie machte nicht nur diesen Eindruck, sie war es auch! Und es hatte eine ansteckende Wirkung auf ihn. Helena streckte Ben ihre Hand entgegen. Diesmal war er derjenige, der sie dankend ergriff. Sie schien sein Rettungsanker in der Not zu sein. Mit den beiden Fotos und einigen wenigen Habseligkeiten, die er noch besaß und die ihm sehr wichtig waren, machten sie sich wieder auf den Rückweg.

Die kommenden Tage wurden sehr anstrengend für die beiden. Während Helena sich mit den Leuten darum kümmerte Felder zu bestellen, war Ben ständig unterwegs und brachte immer neue Flüchtlinge in die Stadt. Es war sehr schwer, Werkzeuge aufzutreiben, um Felder zu bestellen. Helena fühlte sich, als wäre sie ins Mittelalter zurückversetzt worden. Jetzt kam es darauf an, wie viel die Menschen bereit waren zu geben, um zu überleben. Es erstaunte sie, dass sogar die Kinder kamen, um zu helfen. Es wurden Kartoffeln angebaut, Salate und vieles mehr. Zwar dauerte es sehr lange, bis alles Früchte trug, aber sie alle schafften es mit vereinten Kräften, sich ein neues Leben aufzubauen. Helena war stolz auf die Leute. Es gab zwar viele Momente, in denen sie drauf und dran war, alles hinzuwerfen, aber sie schaffte es immer wieder irgendwie, die Leute wieder zu ermutigen. Die Leute anzuspornen, gab auch ihr die nötige Kraft zum Weitermachen. Nun, wo sie weitestgehend auf eigenen Beinen standen, gab es für Helena nicht mehr sehr viel zu tun. Und auch Ben konnte sich jetzt etwas ausruhen und zurücknehmen. Es wurde auch höchste Zeit. Helena war mit ihren Kräften am Ende. Sie hatte stark sein wollen und Ben gegenüber nie gezeigt, wie geschwächt sie war. Sie hatte keine Zeit gehabt, um ihre Verletzungen auszukurieren und so waren sie nach Monaten noch immer nicht verheilt und machten ihr zu schaffen. Selbst wenn sie diejenige war, die die Erde schützte und ihre Kraft aus dieser bezog, fühlte sie sich, als verlor sie den Boden unter den Füßen.

An einem regnerischen, trüben Abend saß Helena wieder einmal auf dem Dach des Neubaus, auf dem sie schon vor so vielen Wochen gesessen und miteinander gesprochen hatten. Ben war nirgends zu sehen. Das Verhältnis, das die beiden zueinander hatten, hatte sich seit dem Vorfall in seiner Wohnung stark verändert. Es war inniger geworden und sie vertrauten sich nun mehr denn je. Darum fühlte sich Helena auch nicht sehr wohl dabei, wenn sie Ben verschwieg, dass es ihr nicht gut ging. Der Regen hatte ihre Kleidung inzwischen völlig durchnässt und sie fror. Ihre Verletzung an der Schulter spannte. Sie bereitete ihr in den letzten Wochen immer mehr Schmerzen. Und wie mochte es Samuel wohl im Moment gehen?

Sie hatte ihn so lange nicht gesehen und auch nichts von ihm gehört. Auch wenn sie seine Anwesenheit ständig spürte, war sie nie in der Lage gewesen, ihn zu rufen. Irgendwie ahnte sie, dass es ihm im Moment nicht sehr gut ging. Warum, das konnte sie sich nicht erklären, aber sie sehnte sich danach, ins Paradies zu gehen und ihm zu helfen. Sie fühlte sich dazu verpflichtet. Und sie fühlte sich schlecht bei dem Gedanken, dass sie nichts für ihn tun konnte obwohl er ihr immer beigestanden hatte. Vermutlich war er durch das hohe Gericht schon längst verurteilt worden. Und wenn sie doch etwas ausrichten konnte, dann würde sie sterben. Samuel hatte ihr selber gesagt, dass sie nicht im Paradies bleiben konnte, es sei denn, sie wäre tot. Helena seufzte. Dieser verdammte Regen drückte ihr aufs Gemüt. Niedergeschlagen stützte sie ihr Kinn auf eine Hand und seufzte. Während sie so mit ihren Gedanken beschäftig war, bemerkte sie nicht, wie Ben hinter sie trat und auf sie nieder schaute. >>Was tust du hier?<<, wollte er dann wissen und bedeckte Helena mit einem Regencape. Sie fuhr zusammen und ihr Herz klopfte wie wild, aber sie beruhigte sich ebenso schnell wieder. >>Ich brauchte etwas Ruhe zum Nachdenken.<<

>>Es regnet in Strömen, Helena. Und du sitzt ausgerechnet hier um nachzudenken?<< >>Die Dächer dieser Häuser sind die einzigen Orte, an die die anderen nicht kommen. jedenfalls nicht, solange ihnen

keine Flügel wachsen.<< Ben schmunzelte. >>Lass uns nach unten gehen. Du wirst dich noch erkälten.<< >>Das macht nichts.<< >>Sei doch nicht so dumm.<< Ben hockte sich neben sie und sah sie an. >>An deinem Blick kann ich erkennen, dass du mit deinen Gedanken sehr weit weg warst.<< >>Ja, das stimmt. Du hast wie immer recht.<< seufzte sie. >>Sehr weit weg. Ich frage mich, wie es wohl Samuel geht, weißt du? Ich habe solange nichts von ihm gehört. Und von meinem Bruder auch nicht. Ich vermisse ihn so sehr. Jetzt, da ich weiß, dass er im Paradies lebt und auf mich nieder schaut und aufpasst, plagt mich mein Gewissen noch mehr. Er ist damals nur für mich gestorben. Er wusste ganz genau, welches Schicksal ihm widerfahren würde. Es muss ihn sehr geschmerzt haben zu sehen, wie sehr ich unter seinem Tod gelitten habe und noch immer leide. Ich werde die Bilder von diesem Tag niemals vergessen.<<

>>Ich bin sicher, dass es deinem Bruder da oben gut geht. Er hat jetzt ein besseres Leben und vielleicht wird er ja eines Tages sogar zu einem Erzengel berufen. Wer weiß das schon? Glaub mir – die Zeit, bis ihr euch wieder seht, wird schnell vorbei gehen. Und um Samuel solltest du dir auch keine Gedanken machen. Sicher geht es ihm auch gut.<< >>Da bin ich mir nicht sicher. Der Herr wird ihn sicher schwer bestraft haben.<< >>Das kann gut möglich sein, aber das wusste Samuel. Du solltest dir keine Gedanken darum machen. Seine Strafe wird sicher nicht ewig dauern.<< >>Es ist schlimm genug, dass ein Engel dafür bestraft wird, wenn er seinem Schützling die Last von den Schultern nimmt.<< >>Helena.<< liebevoll legte Ben einen Arm um Helena. >>Dir liegt wirklich sehr viel

an ihm, nicht wahr?!<< >>Er ist mein Schutzengel. Ich bin daran schuld, dass er überhaupt erst in diese Lage geraten ist.<< >>Das ist doch Unsinn. Es gibt immer zwei Seiten einer Medaille. Du solltest nicht Trübsal blasen. Er wird sicher spüren, dass du an ihn denkst und dir Sorgen um ihn machst. Der Herr wird nicht so herzlos sein, deinen Kummer zu missachten.<< unwissentlich griff Helena nach dem kleinen Kreuz, das Samuel ihr geschenkt hatte und schloss es fest in ihrer Hand ein.

>>Ich bete, dass du recht behältst.<<, seufzte sie und sah in die Ferne. Ihre Schulter machte sich wieder bemerkbar und sie legte eine Hand darauf. >>Samuel scheint nicht das Einzige zu sein, das dich bedrückt. Über was grübelst du noch nach?<< >>Über nichts weiter. Ich habe heute nur zum ersten Mal gespürt, wie sehr die vergangen Monate an meiner Kraft gezehrt haben. Ich hatte bis jetzt noch keine Zeit, darüber nachzudenken. Aber heute Abend wurde mir das sehr klar gezeigt.<< >>Ich weiß, was du meinst. Mir geht es ähnlich. Es ist sehr viel Zeit vergangen, in der wir all unsere Kräfte aufgeboten haben, um diesen Menschen zu helfen, sich selbst zu helfen. Sie sind nun wieder in der Lage, sich zu ernähren und selbst zu versorgen. Sie können nun wieder selbst auf sich aufpassen. Ich schlage vor, dass wir jetzt zunächst mal dieses Dach verlassen und uns einen trockenen Unterstand suchen. Und dann werden wir sicher genügend Zeit haben, um uns zu erholen. Besonders du. Ich weiß, dass es dir nicht sehr gut geht. Deine Verletzungen machen dir noch immer Sorgen.<< Helena nickte nur und stand auf. Sie suchten Schutz in einer einigermaßen intakten Wohnung und Helena legte sich auf ein Sofa.

Sie war müde und erschöpft und sie fror. Ihre Sachen klebten an ihrem Körper und die Kälte kroch in ihre Glieder. Ben setzte sich zu ihr und sah sie eine Weile an, als sie ihre Augen geschlossen hatte.

Wie verletzlich Helena doch wirkte in diesem Moment. Sie war eben auch nur ein Mensch, der früher oder später an die Grenzen seiner Belastbarkeit gelangte. Als Ben sah, wie sie zitterte, holte er eine Decke und legte sie über Helena. Diese schlug die Augen wieder auf. >>Ich dachte, da du frierst, sollte ich dich besser zudecken.<<, meinte er als Verteidigung. >>Ich sollte erst mal aus diesen Sachen heraus.<< Helena setzte sich auf, nahm die Decke in eine Hand und verschwand für kurze Zeit in ein Nebenzimmer. Als sie wieder kam, hatte sie ein langes Leinenkleid an und die Decke um sich gewickelt. >>Da waren noch Sachen. Vielleicht ist es falsch, sie einfach zu nehmen, aber ich habe keine Lust, eine Lungenentzündung zu bekommen.<< Helena legte sich wieder auf das Sofa. Sie seufzte. Ihre Glieder fühlten sich an wie Blei. >>Bist du müde?<<, wollte Ben wissen. >>Ja. Es ist, als hätte ich sehr lange nicht geschlafen.<<

>>Dann ruh' dich aus. Du hast es dir verdient.<< Ben stand auf und trat an ein Fenster, um nach draußen zu sehen. Der Regen ließ langsam wieder nach. Bald würde der Vollmond hinter den Wolken zum Vorschein kommen. Ein neues Leben hatte nun begonnen. Auch wenn die Gefallenen großen Schaden auf der Erde angerichtet hatten und nie wieder etwas so sein würde wie es einmal war, würde es ein besseres Leben werden. Vielleicht konnten er und Helena auch irgendwann vergessen, was alles geschehen war. Aber es würde noch sehr lange dauern und nun war es erst

mal wichtig, dass sie Zeit für sich hatten, um sich zu erholen und zu verarbeiten, was da alles vorgefallen war. Nicht nur im Paradies, sondern auch auf der Erde. Er hätte Helena in dieser Schlacht beinahe verloren. Ben fühlte noch immer einen tiefen Schmerz in seinem Herzen, wenn er daran dachte. Andererseits wäre er ebenfalls beinahe draufgegangen, als er ihr Leben rettete. Raphael hätte ihr niemals genügend Kraft übertragen können, damit sie überlebt.

Immerhin war er selbst stark geschwächt gewesen und hatte seine kleine Schwester mit letzter Kraft aus dem Schloss mit sich genommen. Helena wusste nichts davon, dass Raphael versucht hatte, ihr seine Lebenskraft zu spenden. Es war Ben nur mit Mühe gelungen, ihren Bruder davon abzuhalten, das zu tun. Sie hatte so viele Opfer gebracht um das Paradies und die Erde zu retten, obwohl sie immer wieder betont hatte, wie egal ihr das alles war. Auch wenn Helena zerbrechlich war – sie war auch sehr stark und das wusste Ben sehr gut. Sie waren sich so ähnlich und er würde sie für nichts auf der Welt wieder hergeben. Er sah auf seinen Ring, der einen Flügel zeigte. Dieser Ring stellte das genaue Gegenstück zu Helenas Kette dar und Ben wurde klar, dass ihnen von Anfang an bestimmt worden war, zueinander zu finden und füreinander zu kämpfen. Er würde Helena davon erzählen, wenn sie ausgeruht war.

## Ende

# Epilog

*Es verbündeten sich die beiden Halbblüter und ihre Herzen wurden Eins. So gelang es ihnen, die Erde und das Paradies von Unheil zu verschonen und für Frieden und Ordnung auf der Erde zu sorgen. Den Menschen gaben sie neue Hoffnung und Mut, sich ein neues Leben zu errichten. Die Kraft, die beiden Halbengeln innewohnte war so mächtig, dass sie durch den hohen Rat in den Kreis der Erzengel erhoben worden. Von nun an sollten sich die beiden an das Leben im Paradies anpassen, doch ihre Herzen blieben stets die, einfacher Menschen und so entsagten sie dem Paradies schweren Herzens – denn all diejenigen, die sie liebten baten sie zu bleiben – und kehrten zurück auf die Erde. Wissentlich, dass sie für das Schicksal dieses Planeten verantwortlich waren, meisterten sie ihre Aufgabe mit all ihrer Kraft und standen sich gegenseitig bei. Trotz der Regelverstöße, die sie im Paradies begangen hatten, standen ihnen die Erzengel und auch andere ranghohe Mitglieder der Hierarchie zur Seite und bewahrten sie vor drohendem Unheil und Leid.*

*Der Halbengel der Hoffnung und des Mutes – Helena – sah ihren Bruder nicht wieder. Man verbot ihr und Raphael Kontakt zueinander aufzunehmen. Die Cherubin befürchteten, dass das Gleichgewicht zwischen Paradies und Erde durcheinander geraten würde, sobald sich die Geschwister regelmäßig trafen. Helena empfand dies als puren Unsinn. Da sie und Ben als Halbengel und noch lebende Menschen in den Kreis der Erzengel erhoben worden waren und selbst einige Male ins Paradies reisten, um wichtige Nachrichten zu überbringen, kam es für Helena auf einen Aufenthalt mehr oder weniger an diesem Ort nicht mehr an.*

*Sie geleitete fortan die Seelen der toten Menschen auf die andere Seite. Durch ihre übersinnliche Begabung war es ihr möglich, die Seelen aufzuspüren und auf den rechten Weg zu führen. Einen Weg, der sie ins Licht führte und aus der Dunkelheit emporsteigen ließ.*

*Der Halbengel der Barmherzigkeit und Liebe – Ben – stand Helena bei ihrer Aufgabe als Wächterin der Erde bei. Er stärkte sie und schenkte ihr die Kraft, um ihre Aufgabe zu meistern. Da er seinen Bruder und seine Mutter auf der anderen Seite wieder gesehen hatte wusste er nun, dass es ihnen gut ging. Sein Vater hatte damals nicht gelogen und sich um sie gekümmert. Nun musste er sich keine Gedanken mehr darüber machen, was wohl mit ihnen geschehen war. Doch es schmerzte ihn umso mehr, dass er seinen Vater nicht finden konnte. Alles, was ihm von ihm geblieben war, waren die Erinnerungen aus seiner Kindheit und die große Ähnlichkeit zwischen ihnen beiden. Nicht nur wegen des Aussehens, sondern auch, weil er oft genug von seiner Mutter gehört hatte, wie ähnlich sie sich auch im Denken waren. Es existierte ein Grabmahl in der Nähe des inneren Heiligtums, das man für Bens Vater errichtet hatte. Genau wie Flora, war auch er im letzten großen Kampf gegen Chinai und seine Armee gefallen. Die beiden hatten Seite an Seite gekämpft und waren Seite an Seite gestorben. Auch Floras Grabmahl befand sich in der Nähe des inneren Heiligtums. Helena besuchte diese Gedenkstätte nie, denn für sie war es nicht nötig, an der Vergangenheit festzuhalten. Die Erinnerungen an ihre wahre Mutter konnte ihr niemand nehmen, auch wenn sie nur noch sehr wage vor ihrem geistigen Auge erschienen. Sie hatte etwas viel Wertvolleres von ihrer Mutter erhalten. Einen Brief an ihren leiblichen Vater und zwei Ketten. Eine mit einem Familienfoto und eine, der Floras Macht innewohnte.*

# Über die Autorin

Inzwischen ist einige Zeit vergangen. Ein Jahr ist ins Land gezogen. Einige meiner Träume

haben sich erfüllt, andere warten noch darauf, entdeckt zu werden. Ich arbeite in einem Kinder- und Jugendheim, wie ich es mir gewünscht habe. Diese Arbeit macht mir Spaß und fordert mich heraus. Durch Kollegen und auch die anderen Mitarbeiter erfahre ich viel Unterstützung und Zuspruch. Sie bestärken mich auch darin, weiter zu schreiben. In einem Jahr kann sehr viel passieren. Nicht immer wendet sich alles zum Besten. Schicksalsschläge, die einen tief treffen, gehören ebenso dazu wie gute Zeiten, in denen alles wunderbar verläuft. Doch ich kann mit Bestimmtheit sagen, dass es immer weiter geht und dass ich für meine Wünsche und Träume kämpfen und einstehen werde, egal wie schwer es wird.

Wenn man keine Träume mehr hat, die man sich erfüllen möchte, fehlt etwas im Leben. Und meine Träume bestehen nach wie vor. Ich möchte reisen und die Welt kennen lernen. Fremde Länder, Kulturen und die Menschen, die in diesen Ländern leben, entdecken. Ich möchte erfolgreich sein in meiner Arbeit als Erzieherin und mit meiner Einstellung versuchen, den Kindern und Jugendlichen eine neue Perspektive aufzuzeigen. Ob ich das schaffe, wird die Zeit zeigen, aber ich weiß, dass ich nicht aufgeben werde.

Und ich wünsche mir, dass es meiner Familie und den Menschen in meiner Umgebung, die mir sehr am Herzen liegen, immer gut geht. Was wünscht ihr euch für euer Leben?